KB092116

나는
용이다

나는 용이다

서한경 소설집

도화

나는 용이다

초판 1쇄인쇄 2015년 5월 26일
초판 1쇄발행 2015년 5월 28일

저 자 서한경
발행인 박지연
발행처 도서출판 도화
등 록 2013년 11월 19일 제2013-000124호

주 소 서울시 송파구 성내천로 39
전 화 02) 3012-1030
팩 스 02) 3012-1031
전자우편 dohwa1030@daum.net
인 쇄 미래프린팅

ISBN I 979-11-952523-9-8*03810
정가 12,000원

잘못 만들어진 책은 교환해 드립니다.
저자와 출판사의 허락 없이 책의 전부 또는 일부 내용을 사용할 수 없습니다.

도화道化, fool는
고정적인 질서에 대한 익살맞은 비판자,
고정화된 사고의 틀을 해체한다는 뜻입니다.

봄날에

나는 아이디가 '반달곰'인 흑점 상대에게 지고 있었다. 하단 오른쪽, 우하 귀 부분은 내 집으로 했는데 좌하 귀를 빼앗기고 어복魚腹이라고 불리는 중앙에서 두 집을 챙기지 못했다. 이 상태로는 상단의 상 귀 양쪽 전부를 내 쪽에서 크게 승리를 거두어야 이럭저럭 비슷한 점수가 나올 것 같았다. 하지만 이제부터 상대가 두 눈을 감고 바둑알을 그냥 던져 준다면 모를까 양쪽 다 큰 승리를 거둔다는 것은 거의 불가능했다. 나는 약이 바짝 올랐다. 약간 방심해 둔 것이 이 판을 패하게 만들었다는 생각 때문이었다. 결국 나는 상단 오른쪽 부분에서도 큰 승리를 거두지 못했다. 일곱 집 정도는 차지했으나 상대에게 돌아간 집은 그 배였다. 좌상 귀 또한 마찬가지였다. 이미 중앙에서 기선을 빼앗긴 나는, 상대에게 여러 집

을 그대로 내어 주며 무참히 깨어지고 말았다. 나는 상대가 계
가計家를 신청하기 전에 비기기 신청을 해보았다. 그러나 상대
는 내 요구를 거절했고 즉시 계가를 신청했다. 나는 계가 신청
을 거절하고 다시 바둑판 구석구석을 살펴보았다. 게임은 이미
어느 한 구석 건드려 볼 여유도 없게 되어 있었다. 상대는 다시
계가 신청을 했다. 나는 또 한 번 상대의 신청을 거부했다. 그
리고 또다시 비기기 신청을 했다. 나는 간혹 보이는 아주 치사
한 상대가 되고 있었다. 대화창에 글자가 떴다. 가끔 내가 써왔
던 말이었다.

"신사적으로 하셔야죠."

"분해서요."

나는 상대에게 답변을 올렸다. 그렇게 아이디가 '반달곰'인
사람과 말의 맞장이 오가기 시작했다. 내 아이디는 영문자다.
자판을 영문으로 놓고 한글로 내 이름을 친 것이 아이디다. 상
대가 짜증스럽다는 듯 다시 말을 띄웠다.

"난 원래 어설픈 영문 아이디를 쓰는 치들하고는 상대를 하
지 않는데, 내 경험으로는 그런 인간들 대부분이 어중이떠중이
들이더라고요."

화가 난 그는 내 아이디를 놓고 시비를 걸었다. 꼭 그렇다고
는 볼 수 없지만 나는 그의 말에 공감을 했다. 이런 저런 게임

으로 때론 종일을 인터넷에 매달려 소일하는 내 경험으로도 그건 거의 그랬다는 생각이 들었다. 또 사람들은 자기가 지은 이름만큼 행동하는 듯 느껴졌다. 하지만 나는 다시 이런 답변을 올렸다.

"그러는 댁은 대단한 인간인 갑세?"

나는 이기죽거렸다. 그러자 '얼씨구' 하는 상대의 대꾸가 당장에 떴다.

"댁이 어떤 인간인지 어디 구경 좀 해 봅시다."

나는 다시 답변을 올렸고 이번엔 '절씨구' 하는 상대의 대꾸가 올랐다. 나는 다시 한 번 비기기 신청을 했다. 억울해도 진 것은 진 것이고 비슷한 실력들이 서로 겨룰 땐 대부분 약간의 방심이 승패를 좌우했다. 그는 비기기 신청을 수락하지 않았다.

"깨끗이 승복하시지."

그의 말이 다시 올랐다.

"지금 할 일도 없으며 무료하고 심심한데……"

나는 여전히 이기죽거렸다. 승패의 결론이 나지 않으면 다음 게임에 바로 들어갈 수 없게 되어있다. 내가 이 판을 무시하고 그냥 방을 나가 버리면 5분 후 자동 승패처리로 상대에게 점수가 가산되고 내 점수는 그만큼 깎인다. 당연히 내가 다음 게임에 들어가려면 그 5분을 기다린 후에 다시 시작해야 한다. 나는 지금 5분을 기다리기도 싫고 어디를 마땅히 돌아다닐 마음도 없었다. 솔직한 마음은 상대가 내 약간의 방심을 인정해 비기기 신청을 수락해 주기를 바랐다. 또 그래야 이 게임의 마무리가 제대로 되는 것이겠다는 생각을 했다. 하지만 이유야 어떻든 패한 것은 패한 거였다. 할 일 없는 나는 지금 순전히 상대에게 어깃장을 놓는 거였다.

"쯧, 쯧, 그러니까 급수가 그 모양이지."

그의 말이 다시 떴다.

"그러는 댁은? 피장파장이다."

그의 급수와 내 급수는 같았다.

"그 인간 참 형편없는 사람이네."

그런 그의 말이 떴을 때 나는 이번 바둑판 안에서 진즉 좀 포기한 내 인격 따위를 조금치도 남김없이 포기하고 있었다.

"깝죽대지마, 개새끼."

나는 답변을 올렸고 이젠 서로 욕설이 오가기 시작했다. 처음엔 그래도 좀 무게를 잡는 듯 느껴지던 그도 자기 인격 따위는 남김없이 포기했나 보았다. 조금은 점잖게 표현해야겠다.

"이놈."

"저놈."

"개뼈다귀."

"이따위."

"저따위."

끝내는 그가 포기를 했다. 나는 졌지만 비기기에 성공했다. 그는 아침부터 지독히 매너 없는 상대를 만났다고 생각할 것이다. 성격에 따라서는 어쩜 하루가 다 찌뿌듯하고 언짢아 있을지도 모르겠다.

나는 다시 적당한 상대를 고르다 인터넷을 끄고 TV를 켰다. 나 역시 신사적으로 끝내주지 못했다는 점이 마음에 걸렸다. 나는 이리저리 채널을 돌렸다. 한 방송에선 '웃거나 말거나'라는 코미디극이 재방송되고 있었다. 제목처럼 그 방송의 코미디언들은 할당된 시간 안에서 웃거나 말거나 떠드는 것 같았다. 그래서 그 방송을 볼 때면 나도 때론 웃기도 하고 웃지 않기도 한다. 다른 방송에선 명사 초청 강의라는 것을 하고 있었다. 명사가 무슨 말을 던졌는지는 모르나 방청객으로 모여 앉은 주부들이 모두 와자하게 웃었다. 나는 채널을 더 돌렸다. 흑백필름 안에서 히틀러가 대중연설을 하고 있었다. 그는 '독일인이여 일어나라'라고 부르짖고 있었고 군중들은 모두 그의 연설에 열광했다. 나는 채널을 고정시켰다. 해설자가 오늘이 히틀러가 태어난 날이라는 말을 했다. 나는 김일성 생일은 몇 월 며칠이라는 것을 떠올렸다. 또 전두환 대통령의 생일은 언제라는 것도 떠올렸다. 그리고 혼잣소리로 '쳇! 그런 건 잘 알아요'라고 말했다. 김일성의 생일은 초등학교 때 동네 또래 친구 생일과 같은 날이어서 종종 골려먹던 일이 있었기 때문에 지금까지 잘 기억하고 있었다. 또한 그 시기에 남쪽 대통령이었던 전두환 대통령의 생일 날짜까지 알아내 기억하게 되었다. 화면은 의붓아버지에게 폭력을 당하고 있는 히틀러의 유년기를 재연하고 있었다. 당연한 말이 되겠지만 나는 히틀러의 유년기 재연 화면을 보며, 그런 그의 유년기가 그가 지니고 있을 본성과 잘 융합이 되어 그야말로 히틀러라는 한 인간을 만들어 주었을 거라는 생각을 했다. 나는 자연스럽게 내 유년기를 생각했다. 그리고 지금의 나를 생각해 보았다. 나는 여러 번 이곳저곳의 직장을 옮겨 다녀야 했던 나를 생각했다. 그때마다 두세 달씩은 지금과 같은 생활을 하고 있었다. 한 직장에 길게 몸을 담지 못하는 것, 그것은 내게 어떤 문제가 있었던 것은 아닐까? 혹 나는 의지가 박약한 인간일까? 내 본성은 별다를 게 없을 듯 보였다. 구체적인 본성이야 나도 이것저것 가지고 있겠지만 내가 아는 한 나는 그저 지극히 평범한 내 부모의 유전을 받았다는 거였다. 내 부모는 자식들에게 어떤 폭력을 행사한 적이 없었다. 나는 건강했으며 어느 한 순간 병약하지도 않았다. 그 외 내게는 훗날에 어떤 특별한 성격을 형성시킬 만큼의 별다른 사건도 없었다. 적성? 직장생활을 하면서 이 문제는 그다지 따지기 싫었다. 분명 자기 성격과 전혀 맞지 않는 일을 하는 사람들도 많이 있지만, 그렇고 그런 직장생활에서 '이 생활이 내 적성에 딱 맞아'라고 생각하는 사람들은 별로 없겠다는 생각 때문이었다. 화면은 가난한 화가 지망생인 히틀러의 청년기가 보였다. 이어 그는 군인이 되어 전쟁에 참여하고 있었다. 그는 군대 생활을 통해 점점 커가고 있었다. 그는 군인으로 맞춤이 된 사람같이도 보였고 동시에 청중을 휘잡는 대중 연설자에 맞춤한 사람처럼도 느껴졌다. 해설자는 그를 가리켜 '그는 다만 자기 조국을 사랑한 한 사람의 젊은 애국자였고 용감했다는 점은 인정할 수 있겠다'는 말을 했다. 나는 무엇을 해야 내 맞춤이 될까 생각했다. 히틀러처럼 카리스마가 넘치는, 그런 인간도 못되고⋯⋯. 분명한 건 그의 자리에 내 운명을 박아 준다면 나는 백 번을 고쳐죽으며 사양할 거였다. 매번 생각하는 것이지만 나는 그저 평생 먹고 살 돈이나 있었으면 좋겠다고 생각했다.

전화벨이 울렸다. TV를 끄고 전화기 앞으로 갔다. 창문 밖으로 화창한 봄 하늘이 보였다. 창문을 열고 전화를 받았다. 라일락 꽃향기가 솔솔 풍겨왔다. 가끔씩 안부가 오가는 동창 친구였다. 일상적인 대화가 오고 갔다. 잘 있느냐, 별 일 없느냐,

이번 봄 동창모임엔 나갈 것이냐, 하는 것들이었다. 그리고 친구가 지나가는 말처럼 물었다.

"직장을 또 그만두었다면서?"

시간은 아침 열시가 되어 가고 있었고 봄 햇살은 라일락 향기와 함께 방 안 깊숙이 들어와 있었다. 나는 땅의 기운이 어떻고 그 기운이 태양의 에너지와 합세하여……. 남향, 명당, 처음 세 들어 올 때 복덕방 영감이 고리타분하도록 길게도 늘어놓던 말들을 떠올리며 라일락 꽃향기를 콧속 깊이 들이마셨다. 나는 친구에게

"실업자 뭐 그냥 돼지처럼 살고 있다."

라고 답변을 했다. 그리고 돼지처럼 살고 있지도 못하다는 생각을 했다. 나는 요즘 토끼 같이 조금씩 오물대며 돼지처럼 살고 있다고 생각했다. 그런 나는 스스로 배알이 슬슬 꼬였다.

"웃기는 이야기 하나 해 줄게."

그러면서 나는 엉뚱하게도 친구에게 무슨 말인가를 만들어 늘어놓고 있었다. 그러면서 나는 무척이나 심각해졌다. 나는 내가 집구석에 박혀 망상이나 떠는 미친놈 같다는 생각이 들었다. 친구가 내게, '그래 넌 베짱이 과야, 무용지물이지. 어쩜 앞날도 뻔하고'라는 생각을 하고 있는 듯 여겨졌다. 하지만 나는 진짜 미친놈처럼 길게 이야기를 늘어놓고 있었다.

"나 요즘 매일 강변을 산책하잖아. 바로 어제 강변에서야. 걷다가 고개를 들어 하늘을 쳐다보니 기러기 한 쌍이 어딘가를 향해 날아가고 있었어."

정말 이야기는 뜬금없이 시작되었고 웃기게도 내 입에선 기러기 한 쌍이 튀어나왔다. 이야기는 계속 이어졌다.

"갑자기 이런 노랫말이 생각났지. '갈대들이 손을 저어 기러기를 부르네.' 하는 동요. 나는 갈대처럼 손을 저어 기러기를 불러봤다. 기러기야, 기러기야."

나는 내가 갑자기 어린아이가 된 것 같았다.

"그러니까 정말이지 거짓말 같은 일이 내게 일어났어. 글쎄 기러기 두 마리가 공중에서 곧장 내 쪽으로 회전해 오는 거야. 당연히 믿기지 않았지. 내가 꿈을 꾸고 있나 싶었다니까. 기러기 두 마리는 내 앞에 사뿐히 내려와 앉더군. 나도 기러기들 앞에 키 맞추기라도 하듯 쭈그려 앉았어. 그것들이 둘 다 고개를 쳐들고 나를 바라봤어. 또다시 꿈을 꾸고 있나 하는 생각이 들었지."

아닌 게 아니라 내가 늘어놓는 말을 들은 친구는 정신이 어떻게 한참 퇴행이라도 되었느냐며 킬킬거렸다.

"왜 유치한 것 같아? 하지만 들어 봐."

나는 하던 말을 계속했다.

"나는 그들에게 물었어. 너희들 살아 있는 기러기 맞니? 아니면 죽은 기러기 귀신들이냐? 그랬더니 그 기러기 두 마리가 킥킥 웃어. 그러면서 산 기러기가 맞대. 왜 가끔 영화 같은 데서 보면 새를 데리고 다니면서 편지 연락도 하고 그러잖아. 아아, 나는 미치도록 좋았지. 드디어 나도 이들과 친구가 될 수 있겠구나. 어떡하면 이들을 내 곁에 붙잡아 둘 수 있을까 고심했지. 그때 둘 중 한 기러기가 우리말을 하는 거야. 정말이지 나는 깜짝 놀라서 두 눈을 크게 뜨고 기러기들을 다시 바라보았어."

"우리들은 장난기가 좀 많아서……. 어찌어찌하다 보니 장난꾸러기들끼리 만나서……. 킥킥 무엇이든 해칠 수 있는 인간들과는 절대로 가까이 해서는 안 된다는 규칙을 깨드릴 수밖에 없어서……"

"말이 되나?"

나는 친구에게 말이 되냐고 물었다. 친구는

"응, 말이 돼."

라고 대답했다.

"나는 서둘러 말했어. 절대 해치지 않을게, 절대 해치지 않을게. 제발 가지 마. 아! 우리 아주 재미있게 사는 거야. 가지마. 나랑 같이 살자 응? 예쁜 집 지어줄게. 그랬더니 그들 두 마리 기러기가 동시에 입을 열어 합창하듯 말해. '귀신 씨나락 까먹는 소리다.' 그리고 그들은 깔깔깔깔 웃으며 날아가 버렸어. 나는 잠시 멍하니 하늘 저쪽으로 날아가 버리는 기러기 한 쌍을 정말이지 아주 섭섭하게 바라보았지. 그리고 목청껏 엉엉 소리 내 울어보았어. 혹시 내 울음소리를 듣고 다시 와 줄까하고. 하지만 그들은 다시 날아오지 않았어. 나는 그래도 한동안 그들을 기다리며 먼 하늘을 쳐다보고 있었지. 그들을 다시 만날 수 있다면……. 하지만 왠지 믿어진다. 그들이 언젠가는 내 앞으로 다시 날아와 줄 거고 나와 친구가 되어줄 것을. 우리 집에도 데려와야지. 사철 내 방에서 함께 지낼 거야. 놀러 와."

"깔깔깔깔, 그야말로 귀신 씨나락 까먹는 소리다."

내 이야기를 다 들은 친구는 방금 전 내 입에서 낸 소리인 깔깔깔의 음색을 흉내 내며 내게 그렇게 말했다.

전화를 끊고는 나는 당장 강변 산책을 하고 싶어졌다. 보통은 오후에 다니는데 오전 역시 특별히 할 일도 없었다. 왜 가느냐. 유산소운동을 하기 위해서다. 나는 건강하게 오래 살고 싶으니까. 강변의 산책길로 천천히 한 바퀴를 돌면 두 시간 정도가 소요된다.

나는 집을 나섰다.

주택 울타리 안에 서로 다투듯 팡팡 피어 올린 목련꽃잎들이 이젠 우수수 떨어져 내리고 있었다.

"나 말이야."

나는 걸으며 혼자 중얼거렸다.

"내 안에 뭐가 함께 살고 있는 것 같아."

"뭐? 뭐가 사는데……"

나는 혼자 묻고 대답했다.

"아무래도 내 안엔 어떤 잡귀가 하나 살고 있는 것 같아."

"잡귀?"

"그거 재미있다. 그 잡귀 이야기를 좀 해봐."

"한마디로 나쁜 놈이야. 내 삶에 끼어들어 늘 훼방을 놓는다
니까. 지금 같은 실업자 신세도 다 그놈이 만들어 놓은 거야."

그러고 보니 내가 이곳저곳 직장을 옮겨 다니며 뿌리를 내
리지 못하는 것도 다 그놈의 짓인 듯 느껴졌다.

"그래 그놈의 짓이야. 나는 아직 젊고 직장에 들어가면 당연
히 내 앞에 상관들은 늘 있게 마련이지. 그런데 그놈은 꼭 내가
상관들 앞을 지나가게 되면 내 다리를 걸어 넘어뜨려. 여러 번
넘어지면 상관들은 눈을 치뜨게 되어있어. 저놈이 나를 뭐로
보고 감히 내 앞에서 맘대로 자꾸 넘어져? 하고 말이지. 그럼
그놈은 내게 다가와 이렇게 말해. 저놈들이 눈을 치뜨고 쳐다
봤어. 그리고 저놈들이 너보고 다리도 제대로 못 가누는 바보

같은 놈이라고 했어. 사실은 저놈들이 바보 같은 놈이야. 잘 생각해 봐. 바보 같은 놈들 맞지? 그럼 난 그들이 바보 같은 놈들처럼 느껴진단 말이야. 그럼 그놈이 신이 나서 말을 잇지. 여기 있으면 내내 저 바보 같은 놈들에게 빌빌대야 돼. 다니지 마, 다니지 마. 여기 아니면 굶어죽니? 젊은 놈이 치사하게? 그렇게 저렇게 그놈은 요리조리 나를 실업자로 만들어. 그뿐인 줄 아니? 아, 그놈은 쓸데없이 사사건건 끼어들어 나라는 인간을 한없이 가볍게도 만들고 또 뭐랄까. 한없이 나약하게도 만들어 놓지. 한마디로 웃기는 놈이라고……. 아무튼 오래 전부터 그것이 나를 지배하고 있어."

나는 좀 전에 친구와 한 전화통화를 생각했다. 그렇게 나는 뭔가 좀 배알이 뒤틀리거나 또는 무슨 이유로든 내가 심각해지면 엉뚱하게도 이말 저말을 막 쏟아놓았다. 오늘 아침 바둑판에서의 어깃장, 또는 그와 유사한, 정도에 빗나가는 내 모든 것들은 다 그 잡귀의 짓이라는 생각을 했다.

"웃기는 건, 순전히 나는 잡귀가 시키는 대로 말하며 행동하고 또 그 잡귀는 내가 되어 그런 나를 야유한다는 거야. 정말이지 그놈 때문에 지난날들도 힘들었고 앞으로도 나는 힘들게 살아낼 것 같아."

역시 나는 혼자 중얼거렸다. 그리고 여러 가지로 남들도 다

그와 비슷한 걸 느끼고 살아, 하고 거기에 또 토를 달아 중얼거
렸다.

"그럼 없애 버리면 되잖아."

"그러려고 노력해도 안 돼. 아무래도 내가 좀 많이 얼뜬가
봐. 그놈은 아주 오래 전부터도 함께 있었고 이젠 나와 한 몸이
되어버린 듯해. 다시 말하지만 앞으로도 그 잡귀는 여러 가지
형태로 나타나 내 속을 긁어댈 거야."

나는 그동안 내게 있었던 여러 갈등들 그리고 말이 가벼워
부끄러웠던 것들, 무척이나 소심했던 것들, 내게도 약간씩 있
는 대인공포증과 고소공포증들까지 다 끌어내어 한바탕 잡귀
탓을 했다. 그리고 이젠 정말 없애 버릴 거야를 다섯 번쯤 중얼
거렸다.

강변입구에 다다르기 전에 주유소가 있고 주유소 안에선 랩
음악 하나가 신나게 흘러 나왔다. '사는 게 힘들고 치사하면 그
냥 죽으면 돼'라는 요즘 젊은 20대가 열광하고 있는 노래였다.
갑자기 내 발이 껑충거렸다. 나는 껑충거리는 발짓을 자제시키
며 주유소에서 흘러나오는 노랫말을 흥얼흥얼 따라 불렀다.

강변엔 강바람이 살랑살랑 불고 있었다. 나는 강둑에 서서
멀리멀리 시선을 주었다. 내 눈엔 어디서 많이 읽어 본 글귀처
럼 도로가 보였고 아파트단지들이 보였고 그 아파트단지 사이

로 전동차가 지나가고 있었다. 강둑에 서서 나는 고개를 쳐들고 푸른 봄 하늘을 바라보았다. 수리인지 하는 새 한 마리가 양 날개를 활짝 펴고 날고 있었다.

"저놈 날개 펼친 모습 정말 멋지지."

"아, 그래."

"저놈은 시력이 뛰어나다지."

"그래야 먹고 살겠지."

역시 나는 혼자서 중얼거리며 말하고 대답했다.

한 여자가 애견을 끌고 지나갔다. 이마와 콧잔등 납작한 주 둥이 어디랄 것 없이 주름투성이다. 그놈은 꼭 못난 돼지새끼 처럼도 보이는 개종이었다.

"저 개 종은 뭐야."

여전히 나는 내가 묻고 대답했다.

"뭐더라? 응, 퍼그라는 종이야."

"퍼그?"

"응."

나는 다른 개 종류에 대해서는 잘 몰라도, 퍼그라는 종에 대 해선 조금 알고 있는 것 같았다. 워낙 해학적으로 생겨 언젠가 여기 저기 인터넷을 뒤져 보았다.

"원산지는 중국이라고 들었어."

"짧은 다리로 뒤뚱뒤뚱 걷는 저 꼴 좀 봐."

"그래도 하는 짓이 얼마나 귀여운데. 잘 때는 코를 드르렁드 르렁 곤다. 배부르면 기분 좋아 날뛰고 주인이 어디를 좀 나갔 다오면 얼마나 잘 반기는데."

"한마디로 개꼴도 아닌 게 꼴값을 떠는구나. 무얼 먹고 지금 까지 종족을 유지해 왔을까. 특히 추운 겨울엔."

"저 주둥이로 뭘 물었겠어? 땅이나 제대로 팠겠어?"

얼마 전까지만 해도 강 언덕은 온통 개나리꽃들로 노랗게 어우러져 있었는데 이젠 꽃잎 한 점이 보이지 않았고 개나리 넝쿨 아래로는 참새 떼들만 여전히 영리한 눈빛을 빛내며 떠들 고 있었다. 강물은 따사로운 봄 햇살로 반짝이고 있었다.

"지자체에서 한 것 중 가장 마음에 드는 일은 이 강변을 산 책로로 잘 꾸며 놓았다는 거야."

개나리 울타리 아래로는 수국, 맨드라미, 해바라기 등의 꽃 밭들이 일궈져 있었고 그런 꽃 이름 푯말들이 적혀 있었다. 그 리고 간간이 보리밭이 일구어져 있었다. 나는 잘 가꾸어 놓은 꽃밭과 보리밭을 바라보며 '너희들 곧 여름 장마에 홍수가 나 면 다 떠내려 갈 거야'라고 중얼거리다 입을 꾹 다물었다. 내가 너무 경망스럽게 중얼거리고 있다는 생각이 들어서였다. 나는 이로써 무슨 큰 노여움이라도 살 것 같은 두려움으로 '너희들

미안하다 농담이야 정말 미안하다'라고 중얼거렸다. 그리고 바로 이런 것들이 다 잡귀 탓이야라며 나는 그들에게 내 안에 들어 있는 잡귀이야기를 하며 핑계를 댔다. 꽃씨들은 아직 움도 트지 않았고 보리밭은 푸르렀다. 나는 미친놈처럼 '보리밭' 노래를 조금 큰 소리로 불렀다.

"보리밭 사잇길로 걸어가면 뉘 부르는 소리 있어 발을 멈춘다~"

보리밭 사이로 나무 의자가 놓여 있었다. 나는 그리로 가 몸을 기대어 앉았다. 앉아서도 나는 계속해서 노래를 불렀다.

"고운 노래 귓가에 들려온다~"

반짝이는 강물 위에 어미 물오리 두 마리가 떠 있었고 알에서 깨어난 지 얼마 안 되어 보이는 새끼 물오리 세 마리가 그들 앞에 점, 점, 점으로 떠서 놀고 있었다. 노래를 끝내고 강물을 쳐다보며 나는 얼마 전까지도 오랫동안, 내 옆에 앉아 참새처럼 재잘거리던 한 여자를 떠올렸다. 그리고 '잘 생각했어, 별 장래성도 보이지 않고 여기저기 빌빌대는 나 같은 놈하고 결혼을 해봤자 좋은 인생 망치기 십상이지 뭐'라고 중얼거렸다. 그녀는 내 옆에서 근 십여 년이라는 세월을 머무르며 나를 좋아하던 유일한 여자였다. 나는 누군가에게 언젠가 그녀가 내게 했던 말들을 들려주고 있었다. 역시 난 혼자 말하고 혼자 대답하기를 반복했다.

"무슨 망각의 강이라고 했지?"

이것은 그녀의 말이었다. 언젠가 그녀는 내게 망각의 강이라는 것을 입에 올리며 운을 뗐다.

"그 강을 건너면 이승의 기억은 사라지고 없다고. 그게 요단강이라도 되나? 요단강은 건너면 천국이라고 했었나? 망각의 강하고 요단강하고는 다른 건가?"

나는 망각의 강이라는 것이 저승에 들어가려면 거쳐야 하는 비통, 시름, 불의 강 등 다섯 개의 강 이름 중 하나라는 것과, 요단강은 이스라엘 동쪽에 있는 강으로 그 강의 이름 정도를 말하려다가 이렇게 답변했었다.

"비슷한 거 아니니?"

그러자 그녀가 말을 이었다.

"어쨌든 너를 떠올리면 망각의 강인지 요단강인지 이승에서 저승으로 건너간다는 강이 하나 보인다. 크고 끝이 보이지 않는 강물이 시커멓게 철렁거린다. 그 시커먼 강물을 손으로 떠보면 이상하게 그건 맑고 맑은 강물이 된다. 어느 날 내가 그 강가에 서있을 때 머리를 풀어헤친 무엇인가가 물살을 가르며 쏜살같이 내게로 달려온다. 그것이 너의 영혼이 되는 거야. 나는 지금의 네 마음도 잘 모르면서 내내 그렇게 떠올린다. 너는 분명 내게로 와 줄 거라는 생각 말이야."

　그날 나는 멍청해서 아무 말귀도 못 알아듣는 척 가만히 그
녀의 말만 들었다. 앞서 말한 대로 그녀는 내 옆에 오래 있었지
만 솔직히 나는 그녀를 꼭 내 마누라로 삼아야 할 이유는 없다
고 생각하고 있었다. 더 솔직한 심정은 그녀가 나를 떠나 어디
서든 잘 살아 주기를 바라고 있었다면 그게 정답이었다. 나는
여전히 멍청한 척 앉아있었고 그녀는 그런 나를 힐끗 한 번 바
라보더니 말을 이었다.

　"아무튼 둘은 강둑에서 한동안 지체할 것 같다. 우리는 강을
건너지 말자고 합의를 볼지 건너자고 합의를 볼지는 모르겠다.
다만 지체했을 때 어떤 대화가 있을까. 분명 '너 나 사랑하니?'
라는 물음 따위는 서로 하지 않을 것이다. 다만 '왜 왔니? 날 그
다지 좋아하지도 않으면서.' 나는 그렇게 말할 것이다. '나도
몰라.' 너는 분명 그렇게 대답할 것 같다. 만약에 건너지 말자
고 합의를 봐도 언젠가는 별 이유 없이 서로 뒤돌아 설 것이다.
그리고 누가 먼저 뛰어들든 강물에 뛰어들고 뒤도 돌아보지 않
은 체 강을 다 건널 것이다. 그리고 네가 되었든 내가 되었든
강 끝에서 기다리고 섰다가 다시 만날 것이다. 너와 난 아홉 번
쯤 그렇게 강물을 반복해 건너다닐 것 같다. 하지만 그래서 무
엇하겠니. 결국 그때도 너는 지금처럼 나와는 아무사이도 아닌

것처럼 무감각 할 텐데."

　모터보드를 탄 아가씨가 쌔앵하고 바람을 가르며 내 앞을
지나갔다. 헬멧 사이로 빠져 나온 그녀의 긴 머리카락이 봄바
람에 흩날렸다. 그때 40대의 두 여자가 내가 앉아있는 옆 의자
에 조금 머뭇거리다 앉았다. 그녀들은 나를 보고 무슨 이야긴
가를 속살거리고 있었다. 들리지는 않았지만 평일 이 시간에
어슬렁거리다 한가롭게 앉아 있는 내가 뻔 할 뻔 자로 별 볼일
없는 실업자 일거라고 말하고 있을 것 같았다. 아울러 저런 남
자에게 애써 키운 딸을 주게 되면 어쩌나? 하는 걱정들을 하고
있는 것 같았다. 나는 의자에서 일어나 잠시 주뼛거리다 다시
산책로로 들어섰다.

　나는 몇 걸음 떼어놓다가 다시 한 번 고개를 쳐들고 하늘을
바라보았다. 그녀의 이야기들을 떠올린 끝이어서인지 먼 하늘
위엔 비통의 강인지, 망각의 강인지 하는 강 하나가 보였다. 강
주위엔 녹음이 펼쳐져 있었는데 그 둘레엔 길게 철조망이 쳐져
있었다. 철조망엔 무슨 팻말인가가 걸려 있었고 녹음 안엔 온
갖 과실들이 박혀 있었다. 나는 두 눈을 크게 뜨고 철조망에 걸
린 팻말을 읽어보려 애썼다. 하지만 너무 멀어서 무엇이라고
쓰여 있는가는 전혀 알아 볼 수가 없었다. 저 안엔 무엇이 써져
있을까. '철조망에 몸을 대시오. 몸이 통과되면 합격이고 그렇

지 않으면 불합격이요. 불합격자는 지상으로 내려가 다시 재수를 하시오'라고 써져 있을까. '좁은 문 앞에 침을 뱉고 돌아선자, 또는 무슨 이유로든 생명의 존엄함을 파괴한 자살자는 철조망에 몸을 대는 순간 영원히 증발하게 될 겁니다'라는 말이쓰여 있을까. 20대 초반의 남자가 몸을 돌려 뒷걸음 뛰기를 하고 있었다. 그 모습이 무척 장난스럽게 보였다. 자신도 그렇게느껴졌는지 그는 내 앞을 지나면서 씩 웃었다. 그리고 몸을 앞으로 돌려 그게 정식이라는 듯 뛰어가기 시작했다. 나는 그의뒷모습을 바라보며, 이왕이면 덤으로 물구나무서기라도 두어번 해 주고 뛰어가도 좋을 것이라는 생각을 했다.

산책을 마치고 집에 돌아와 대충 아침 겸 점심 식사를 했다. 그리고 나는 또 인터넷을 열었다. 이번엔 고스톱 판으로 들어갔다. 한동안 고스톱에 열중했다. 세 판 네 판 이어지고 열 판이 이어졌다. 아직은 크게 잃거나 따지는 못했다. 그런데 왼편에 있는 '이태백이'라는 아이디를 가진 녀석이 죽어도 '고'를부르지 않았다. 3점이면 그냥 스톱이었다. 그는 게임이 주는역전과 스릴의 묘미를 전혀 주고받을 줄 모르고 있는 것 같았다. 혹은 그가 지금 장난을 놓고 있는지도 모르겠다는 생각도들었다. 나는 그와 또 한 차례의 말씨름을 하고 있었다.

"토끼 간을 가졌냐? 사내 녀석이."

"그래 토끼 간을 가졌다. 그런 너는 고래 간이라도 가졌냐?"

"고래 간을 가졌지."

"너 몇 살이나 처먹었냐?"

"몇 살? 잠수실 만큼 잡수셨다."

"잠수실 만큼 처먹은 놈이 그 꼴이냐?"

"당장 그 명찰이나 떼어 버리시지."

"너 몇 살이나 처먹었느냐고 내가 물었지?"

"그럼 넌 얼마나 처먹었는데?"

"올해로 회갑이다."

"그것도 자랑이냐? 난 팔순이다."

수이_러브

여자는 남자에게 전화를 걸어 '너를 만
나러 가겠다'고 했다. 여자의 말인 즉슨 남자를 잡아먹으러 가
겠다는 거였다. 그러나 남자는 이제 여자에게 잡아먹힐 생각은
없었다. 남자는 지금도 여자를 용서하지 못하고 있었다. 남자
는 여전히 여자가 괘씸했다.

"오후 다섯 시 정도면 어때?"

피카소의 〈청색누드〉라는 그림 모조품과 나란히 걸려 있는
구름시계가 4시 50분을 가리키고 있었다. 남자는 창가에 자리
를 잡아 앉으며 카페 안을 둘러보았다. 내부엔 여기 저기 피카
소의 그림들로만 장식되어 있었다. 정면엔 〈목욕하는 여인들〉
이 옆쪽엔 〈다섯 명의 누드〉가 뒤쪽에는 〈살롱에서〉라는 그림
이 커다랗게 확대되어 걸려있었다. 출입구 앞에 놓여 있는 오

디오에선 '썸머타임'이 마할리아잭슨의 음성으로 흘러나오고 창밖엔 비가 내렸다. 오늘 이 장소를 선택한 건 여자였다. 남자는 잠시 떨어지는 빗방울들을 바라보다가 탁자 위에 놓인 작은 수반에 동동 떠있는 붉은 나팔꽃 두 송이에 시선을 돌렸다.

"손님 오세요?"

여종업원이 다가와 물었다. 붉은색 앞치마와 레이스가 달린 흰색 스카프를 한 모습이 알프스 소녀 '하이디'를 연상케 했다. 남자는 고개를 약간 끄덕해 주는 것으로 그렇다는 답변을 했고 그녀는 조심스럽게 물잔을 놓고 갔다. 남자는 주방 쪽으로 가는 여종업원의 뒷모습을 바라보며 혼잣말처럼 중얼거렸다. 그래, 나는 여자를 한 번쯤 보고 싶었다. 청바지에 단발머리를 한 여자가 이삿짐센터 입구 계단 난간을 양팔을 벌린 자세로 균형을 잡으며 장난스럽게 걸어 내려오던 모습이 남자의 머릿속에 떠올랐다. 돌이켜보면, 비록 길지는 않은 세월이었지만 여자와 함께한 자리는 많았다. 하지만 남자에게 유일하게 떠오르는 것은 여자를 처음 본 그 모습뿐이었다.

남자는 군 제대 후 복학을 하기 전에 잠시 아르바이트로 이삿짐센터에서 일을 했다. 여자는 그 이삿짐센터 사장의 딸이었다. 규모가 그리 크지 않아 사무실엔 경리를 따로 쓰지 않았다. 사장이 외출 중이면 사모님이 나와 있었고 아니면 여자가 나와 전화를 받고 차량이나 인부들을 배치했다. 차량은 1톤 타이탄과 2.5톤 등 아홉 대였고, 인부는 아르바이트를 나온 남자를 포함하여 열일곱 명이었다. 열일곱 명의 인부는 모두 자기가 일한 만큼에 보수를 받았다. 처음부터 여자는 남자에게 관심을 보였다. 그 관심은 슬쩍슬쩍 힙을 흔드는 그런 종류의 추파였다. '어린 나이에 발랑 까졌군!' 여자의 나이는 이미 군대를 다녀 온 남자의 나이와 같았지만, 이상하게도 남자는 여자가 자기 보다는 한참은 어린 여자로만 보였다. 아무튼 여자가 사무실에 나오면 남자는 하루 일당이 높아져서 좋았다. 가령 세 명의 인부가 필요한 자리에 남자를 더 채워 살짝 끼워준다든지 해서 보통 하루 한 건이나 잘해야 두 건의 일당을 받아야 하는 남자에게 세 건 또는 네 건의 일당을 받게 했다. 그러고도 여자는 하루의 일정 중에서 비교적 깨끗하고 수월할 듯한 장소만을 골라 남자를 배치했다. 다행인 것은 그 점에 대해 다른 사람들역시 편의를 봐 주었다는 점이었다. 어린 나이는 아니었지만 남자가 아르바이트를 나온 학생이었던 점을 참작해 주었기 때문이었다. 또 잠시 동안이라는 이유도 있었을 것이다. 하지만 사장님이나 사모님이 나오면 남자는 동등해졌다. 남자는 가차 없이 순서에 따라 일을 해야 했다. 일을 시작하고 얼마 되지 않아 남자와 여자는 서로 데이트 상대자가 되었다.

"어디 시원한 곳에 가 커피 마셔요."

여자는 제안했고 남자는 거부할 이유가 없었다.

"하늘에 떠 있는 달을 좀 보세요. 만월이에요. 아름답지요. 계수나무, 토끼…… 지구에 달이 떠 있다는 것은 축복이에요. 어디 가서 시원한 맥주나 한 잔씩 해요."

남자는 또 거절할 이유가 없었다. 남자는 그 이삿짐센터에서 3개월을 일했다. 데이트는 남자가 학교로 돌아간 다음에도 3~4개월은 계속되었다. 그리고 어느 날 여자는 돌연 남자에게 이런 말을 했다.

"미안해. 나는 간주곡 같은 그 어떤 것이 필요했어. 이젠 내게 김 선배가 와 있어. 하지만 진용씨도 좋았어."

여자는 김 선배라는 남자와 오래 전부터 알고 사귀었다고 했다. 그리고 서로 결혼 말이 오갈 때 김 선배는 멀리 유학을 떠났고, 그를 기다리고 있던 여자가 남자를 만나게 된 것이었다. 여자는 김 선배라는 사람이 없는 기회를 놓치지 않고 나를 농락한 것이었을까? 아니면, 김 선배라는 사람을 믿지 않았고 그 대타로 나를 지목했던 것일까? 남자는 맴돌려 생각했다. 그러면서 남자는 이제 필요가 없어 버려진 자기의 모습이 초라하게만 생각되었고, 결국 자신을 농락해버린 여자가 괘씸했다. 또 하나 괘씸한 것은 그때까지도 희귀종처럼 가지고 있던 남자의 동정을, 그 동정까지 어쩜 사기와도 비슷한, 초라하고 허무하게 떼먹혔다는 그런 고약한 감정도 있었다. 그래서 더 그랬는지 모른다. 남자는 길게 한동안을, 미움과 그리움 그리고 꼭 바보 같게만 생각되었던 초라한 자신을 들볶으며 보냈다.

"너 아니었으면 난 죽어 버렸을지도 몰라. 고마워."

이것이 남자에게 한 여자의 마지막 말이었다. 그 후 전화가 온 건 7~8년 만이었다. 남자의 핸드폰 번호는 기록해 둘 것도 없었다. 011, 010, 018이니 하는 번호를 제외한 앞의 네 자리가 같은 숫자이고 뒤에 네 자리는 1234 순서로 되어 있었다. 남자는 우연히 받은 그 숫자들을 지금도 늘 자랑스럽게 이야기한다. 핸드폰 번호는 십수 년 전에 받은 숫자이고 그동안 새로운 제품으로 몇 번 교체했지만 번호는 당연히 그대로 유지했다.

"진용씨 맞지?"

여자는 다짜고짜 물었다. 남자는 여자에게 그동안 잘 지냈느냐고 물었다. 여자는 그저 그랬다고 대답했다. 결혼생활은 행복한 것이었느냐고 물었다. 여자는 또 그저 그랬다고 대답했다. 순간 남자는 여자의 대답에서 느낄 수도 있는 티끌만큼의 불행한 흔적이라도 찾으려 애쓰는 자신을 느꼈다. 그러면서 아직까지도 그런 감정을 가지고 있는 자신이 웃긴다고 생각했다. 아무튼 여자의 대답처럼, 여자의 생활들이 그저 그랬다는 듯 들렸다. 반대로 여자가 남자에게 잘 있었느냐고 물었다. 또 결혼생활이 행복했느냐고도 물었다. 남자는 그녀의 대답처럼 그저 그랬다고 답했다. 그렇게 대답하며 자신의 결혼생활을 떠올렸다. 남자는 5년 전에 결혼을 했고, 자기의 생활이 그저 세월 따라 흘러가고 있는 듯 생각되었다. 가끔씩은, 남자에게 부인 외의 여자로서는 유일했던 그녀가 떠올랐지만, 역시 늘 괘씸하다는 마음이 먼저였기 때문에 어떤 형태로든 크게 훼방은 주지는 못했다는 점을 생각했다. 여자는 한 가지를 더 물었다. 가끔씩이라도 자기를 생각하지 않았느냐는 물음이었다. 그 물음 끝엔 가끔 남자가 보고 싶기도 했고 생각났다는 말을 덧붙였다. 남자는 나도 가끔은 보고 싶었다고 말했다. 사실 남자는 여자를 괘씸히 여기면서도 가끔은 보고 싶기도 했다. 남자는 인사치레로라도 여자 부모님 근황을 물었다. 여자의 아버지는 아직 이삿짐센터를 계속하고 있다고 말했다. 그런 저런 이야기들이 좀 더 이어졌다. 이야기 끝에 여자는 또 한 번 다짜고짜 말했다.

"인터넷에 이런 게 떠있네. 나온 대로 읽어줄게. 그리고 내가 널 잡아먹어야 하는 이유를 말해줄게."

남자는 그것이 정말로 인터넷에 떠 있는 것인지, 그래서 지금 여자가 컴퓨터 앞에 앉아 전화를 걸고 있다는 것인지, 아니면 어느 책자에서 나온 글귀를 보고 있다가 전화를 걸 생각을 하게 됐는지는 알 수 없었다. 아무튼 여자는 쓰여 있는 글귀들을 읽는 것처럼 말했다.

"카사노바."

남자는 여자가 자신을 지목해서 한 말이 아닌 것을 알고 있으면서도, 여자의 입에서 떨어지는 '카사노바'라는 갑작스러운 말을 듣고, 여자가 무슨 억측을 만들어 새삼스럽게 자신의 과거를 들추려 하고 있나 생각했다. 남자는 그녀가 알고 있을 것 같은 자신과, 카사노바 류, 자기가 알고 있는 자신을 연결해 보았다. 남자는, 자신은 그럴만한 인간이 못되는 사람이라고 결론을 내렸다.

"첫째, 자기보다 우위에 있는 여자다 싶으면 몇 번의 입질만으로 바로 포기하고 다른 곳에 입질을 시작한다.

둘째, 예술과 내면을 사랑하는 척 한다. 그래야 감성을 자극할 수 있다.

셋째, 모성애를 자극할 수 있는 기본적인 자질을 갖추고 있다. 그래야 여러 여자를 가질 수 있다.

넷째, 문제는 위와 같은 이야기를 해주어도 카사노바에게 함락되기 직전이거나 이미 함락된 상태의 여성들은, 자신을 되돌아보지 못한다. 이미 그의 포로가 되어 있기 때문이다.

다섯째, 해결 방법으로는 그렇다면 차라리 즐겨라. 카사노바와 같은 부류의 여성이 되던가. 아님 미친개에게 한 번 물렸다고 생각하라."

여자의 입에서는 '미친개'라는 말이 서슴없이 튀어나오고 있었다. 여자는 그것이 인터넷에 떠있는 내용이라고 했다. 또 그것이 남자를 잡아먹어야 하는 이유라는 말을 하기 시작했다.

"나 말이야, 근래에 미친개에게 물렸어."

여자가 그렇게 말하자 남자의 머릿속엔 자연스럽게 미친개 한 마리가 떠올랐다. 남자는 아직 미친개를 본 적은 없었고 사람들에게 이러이러하다고 들어왔던 모습들을 생각했다. 두 눈엔 눈물이 괴어 점벙거렸고 입엔 게거품이 물렸다. 그건 발정이 나. 있는 한 마리의 미친개였다. 남자는 멀쩡한 개도 미친개에게 물리면 똑같이 미친개가 되며, 그런 개에게 사람이 물리면 광견병에 걸려 사망을 하지 않으면 미친개처럼 된다고 들어왔던 이야기들을 떠올리며 미친개에게 물렸다는 여자를 생각했다.

"그래서 차라리 나도 같은 부류의 여자가 되어서 즐겨나 볼까 했지. 그러나 같은 부류가 되긴 이미 글렀어. 카사노바는 원래 최선을 다해 정복해 놓고 또 다른 대상자를 찾아 나선다잖아. 물론 그 자가 카사노바인지도 몰랐고."

여자는 그를 '그 자'라고 표현했고 목소리가 점점 심각해졌다.

"이미 그 자는 나에게 흥미를 잃어버렸어. 그럼 나도 미친개에게 한 번 물렸다고 생각해야 되겠지? 그게 정답이겠지?"

여자가 그렇게 묻듯 말해서 남자는

"그렇겠지 이제 와선 뭐 그래야 현명한 거겠지."

라고 대답했다. 여자의 말은 이어졌다.

"하지만 그 자가 그렇게 스치고 간 것이 내겐 치욕만을 남겼고, 나는 지금 견딜 수 없는 상처에 시달리고 있어. 얼마동안이겠고 세월이 약이겠지만 말이야."

여자의 목소리는 여전히 심각했다.

"현재는 말이야, 분노와 회한, 그러면서도 이상한 건 그에 대한 미련을 가지고 있단 말이야."

그리고 여자는 결국 남자에게

"난 내 마음을 분산시키기 위해서라도 네가 필요해."

라고 말했다. 그러니까 여자의 노골적인 말이 다 나온 것이 되었다. 여자는 빨리 그 상처를 치유하고 싶어서, 그에 대한 그리움을 분산시키고 싶어서 남자를 필요로 하고 있다는 것이었다.

"내겐 기댈 수 있는 사람으로 자꾸 네가 지목 돼."

남자는 잠시 여자가 말하는 그 치유한다는 형태를 여러 가지로 떠올리다가 이 문제가 그녀의 남편으로는 안 되는 것인가라는 생각을 했다. 그러자 여자는 그런 남자의 마음을 읽기라도 한 듯 '그 일은 남편과는 별개'라는 말을 했다.

"난 네가 필요해. 내가 널 잡아먹어야 되겠어. 오늘 토요일이니 쉬겠네."

여자는 말했고

"그래 오랜만에 서로 얼굴이나 좀 볼까?"

남자는 그렇게 대답했다.

남자는 여자의 의도대로 자신을 허용한다면 지금의 간주곡 형태를 생각해 보았다. 그때 보인 것은 어쩜 깔끔한 하나의 간주곡같이도 생각되었지만 이젠 경우가 다를 수 있다는 생각을 했다. 물론 가정을 가지게 된 지금 형편으로도 그녀와는 결국 또 하나의 간주곡 형태가 만들어질 수밖에 없겠다는 생각을 먼저 했다. 하지만 카사노바는 영원히 떠났고 장기간의 치료가 필요하다면 한동안은 여자의 남편과 함께 가는 동지도 될 수 있었다. 어쩜 영원한 동반자가 될지도 모른다. 이쯤에서 남자는 큼— 하고 그런 자기 자신에 대해 한 번 코웃음을 흘렸다. 하지만 남자의 마음속에는 약간의 설렘이 일었다. 솔직히 남자는 여자의 장기간 치료에 쓰여지고도 싶었다. 남자는 또 자신을 생각했다. 간주곡이 된다 해도 그게 뭐 대수냐 하는 것들과, 긴긴 세월, 평생을, 도무지 마누라 밖에 모를 자신에게 스스로 굴러 들어오겠다는 여자는 오히려 감사해야 하는 존재인지도 모른다, 라는 생각도 했다. 하지만 남자는 고개를 저었다. 남자는 여전히 여자가 괘씸했고 그러므로 그런 역사는 다시 만들지 않겠다는 생각으로 마음을 굳혔다. 남자는 또 자신이 멋지게 거부한 여자를 생각했다. 그 이후 비로소 남자는 여자의 모든 것을 용서할 수 있을 것만 같았다.

여자는 정확히 약속한 시간에 도착했다. 황갈색으로 염색한 구불구불한 파마머리는 어깨선에 닿아 있고, 감색 민소매 티셔츠와 붉은색과 보라색을 일정한 간격으로 배열한 체크무늬의 긴 후레어스커트를 입은 아담한 체구의 여자였다. 둥글고 흰 얼굴은 귀여운 이미지를 주었다. 여자는 반색의 표정을 하고 남자 앞에 다가섰다. 순간 남자도 반색의 표정으로 여자를 맞이했다.

"변한 건 헤어스타일이야."

여자가 자리에 앉자, 남자는 여자를 바라보며 말했다. 그러자 여자는 동문서답처럼 그 말을 받았다.

"비가 내리니까 좋은데…… 나처럼 축축한 여자들은 대체적으로 비를 좋아해."

여자에게서는 남자가 익숙해 있던 '수이러브'라는 꽃 향수 냄새가 났다. 여자가 즐겨 사용하던 향수였다.

"이 향기는 말이야. 바이올렛, 수련, 메리골드 등이 어울린 꽃향기이며 사랑을 부르는 특별한 향기야."

남자는 언젠가 여자가 했던 말을 떠올리며 축축함과 여자를 연결해 보았다. 축축함과 여자는 맞지 않는 것 같았다. 산뜻한 느낌의 여자도 아니었지만, 그렇다고 축축한 느낌의 여자도 아니라는 생각을 했다. 남자는 여자에게 승용차를 가져왔느냐고 물었다. 여자는 가져오지 않았다고 대답했다. 남자는 식사 후 여자를 집 근처까지 데려다 주는 것으로, 여자와의 만남을 깨끗이 마무리해야겠다는 생각을 다시 해보았다. 그때 여자가 전화 통화 내용을 잇듯 다시 운을 떼었다.

"그동안 부인이 아닌 다른 여자와 바람 좀 피워봤어?"

남자는 가끔씩은 마음을 빼앗겼던 여자들을 생각했다. 대부분이 가까이 대할 수 있는 직장 동료들이었다. 하지만 그녀들은 하나같이 어느 정도의 세월이 지나면 그대로 순수한 직장동료가 되는 그런 여자들이었다. 그리고 자신은 어떠한 기회가 와 준다 해도 여자를 호릴 줄도 모르는 남자이며, 상대가 적극적이지 않은 이상은 여자와의 관계 같은 연은 닿지도 않을 사람이라는 생각을 했다.

"아직 못해봤는데."

그렇지만 남자는 '아직'이라는 말을 넣어 답변을 했다. 남자의 답변에 여자는 뭔가 흡족해 하고 있었다. 여자는 적어도 남자가 부인과 자신 외의 다른 여자를 가까이 하지 않았다는 점이 흡족한 모양이었다. 여자가 말을 이었다.

"말했지만 나는 그렇게 한 번 피워봤는데……. 그러니까, 나는 지금 상처를 안고 진용씨를 찾아온 거야."

남자는 바람을 피우고 있는 여자의 모습을 상상했다. 그리고 지난날의 여자를 생각했다. 여자는 늘 비디오를 틀어놓고 그대로 해달라고 주문했다. 그뿐 아니라, 여자는 밝은 불빛 아래에서 노골적으로 노출되는 육체들에 대해 전혀 부끄러워하지도 않았다.

종업원이 와서 무얼 주문을 하겠느냐고 물었다. 이번에는 검은 바지에 흰 와이셔츠 차림의 20대 젊은 남자 종업원이었다. 시간은 어느덧 5시 30분을 가리키고 있었고, 그들은 우선 저녁식사부터 하기로 합의를 보았다. 종업원이 메뉴판을 가지고 오겠다며 자리에서 물러났다. 여자의 말이 이어졌다.

"사랑 그거 젊어서나 나이 들어서나 똑같아. 만남이 있고 약간의 밀어가 있고 헤어짐이 있고 상처가 이어지지."

남자는 다시 한 번 여자와의 관계를 떠올렸다.

여자와의 관계도 만남이 있고 밀어가 있었고 헤어짐과 상처가 이어졌다. 이어 몇 장면들이 머리에 스쳐왔다. 그 장면들은 대부분 돌아선 여자에게 사랑을 갈구하는 자신의 모습들이었다. 남자는 떨리는 목소리로 내 사랑은 이제부터인데 어쩌고를 중얼거렸다. 또는 예쁜 집 짓고 너와 함께 살고 싶다. 나는 영원히 너의 종이 되고 싶다. 언제까지나 기다리고 있을 거야. 하는 덕지덕지 상투적인 삼류 코미디 대사 같은 말들만 주절거렸다. 남자는 창피해져서 떠오르는 장면마다 애써 지워나갔다.

"글쎄 그 자가 말이야."

여자는 여기서도 그를 내내 '그 자'라고 표했다.

"그 자가 내가 싫어지니까 뭐라고 말하는 줄 알아? 살다가 심심해지면 친구처럼 만나고 또 그 짓도 할 수 있고……. 자기는 그런 친구이길 원한대. 나를 뭘로 보고 심심풀이 대상을 삼겠다는 거야? 그건, 나를 떼어 버리고자 하는 수작이잖아. 난 싫다고 말했지. 그리고 정말이지 고약하고 건방져서 더 이상 만날 수 없다고 말했어. 결국 그렇게 헤어져 버렸어."

그리고 여자는 혼잣소리처럼 '하긴 길고 긴 인생을 살며 그런 짓 한 번을 못하고 살면 바보다'라고 말했다. 창밖엔 빗방울들이 계속 떨어지고 있었다. 여자는 계속해서 연애인가 사랑인가 헤어짐의 타령을 하고 있었다. 그런 후 여자는 남자에게 이렇게 말했다.

"내가 꼭 수사슴을 헌팅 하는 것 같다."

여기서 남자는 여자의 헌팅 하는 것 같다, 라는 말이 잘못되었다는 생각을 했다. 여자의 행위는 수사슴을 헌팅 하는 것 같다, 가 아닌 수사슴인 자신을 노골적으로 헌팅하고 있다고 생각했다.

"페닐에필아민이니 옥시토신 하는 호르몬의 작용으로 사랑이라는 것이 2년 정도 간다고 말하잖아. 그건 어떤 특별한 이유가 있는 거고, 내 생각으로는 10개월 정도가 적당한 것 같아. 물론 정도의 차이는 있겠지만 말이야. 그보다 짧으면 아쉽고 길면 지루해지지."

여자는 그 분야의 전문가처럼 말하기도 했다.

남자는 여자와의 만남을 생각했다. 여자와의 만남이 10개월을 채우지 못했던 점을 생각했다. 그래서 남자는 여자에 대한 아쉬움과 미련이 남아있게 되었던 게 아닐까라는 생각을 했다. 게다가 그건 여자의 일방적인 통고를 받고 떨어져 나가야 했던 종류였다. 다시 남자 종업원이 왔다. 남자는 여자에게 물었다.

"뭘 먹을까?"

그때 그들 뒤쪽 창가에 앉아 있던 한 아가씨가 전화를 받고 있었다. 그녀는 앞으로 10분쯤 더 기다려 주고 오지 않으면 이

걸로 영원히 끝장을 내겠다는 말을 하고 있었다. 여자는 그 아가씨 쪽을 한 번 힐끗 쳐다보고는 종업원이 펼쳐주는 식단표를 훑어 내려갔다.

"정식 어때?"

여자가 그렇게 물어서 남자도 그게 좋겠다는 말을 했다. 여종업원이 와 스푼과 포크, 나이프 따위를 진열해 놓았고, 남자 종업원이 작은 피자 한 쪽씩을 가져왔다. 스프가 나오자 여자는 피자 조각을 스프에 찍어 먹었다. 음식을 먹으면서도 여자의 사랑타령은 이어졌다.

"사랑을 할 때는, 자기가 어느 만큼의 사랑을 하고 있는지를 모른다고 하잖아. 막상 떠나봐야 안다고. 그건 참으로 허무한 것이야."

여자는 그 점을 불만스럽다는 투로 말했다.

남자는 여자에게

"그걸 이제 알아?"

라며 지나가는 말처럼 물었다. 여자는 그 물음에 잠시 뜸을 드리고는

"그건 알아도 다시 또다시 반복되는 것이야."

라고 말했다. 이어 여자는 중언부언 혼잣말을 했다.

"그건 말이야, 어떤 사람들에겐 운명 같은 것이야. 우연한

바람처럼 다가 와 가슴을 채워 주는 그런 것이지. 그래 맞아. 요정이 지팡이를 가지고 장난을 치는 거야. 큐피트 화살을 날리는 거지. 그 후로는 책임을 지지 않아."

샐러드가 나왔을 때, 남자는 앞에 놓인 샐러드에 소금을 살짝 뿌리고 포크로 찍어 먹기 시작했다. 샐러드에 소금을 약간 뿌리는 것이 남자의 식성이었다. 여자는 그 모습을 바라보더니 남자에게 주문을 했다.

"내 샐러드에도 소금을 살짝 넣어."

남자는 여자가 시키는 대로했다. 시키는 대로했지만 사실은 거의 시늉만 낸 것이었다. 남자는 그것이 여자의 식성이 아니라, 여자가 자신에게서 그런 배려를 구하고 있다는 것을 알고 있었다.

여자는 약간은 화가 난 목소리로 말을 이었다.

"어쩜 마음속에서 사랑이 가버린 건 이해할 수 있어. 하지만, 남자로써 여자인 내게 기본적인 예의만 좀 차려 주었으면 이렇게 분하지는 않을 거야. 그러니까, 친구처럼 만나서……. 그런 이야기 보다는 차라리 좀 힘들어 하는 모습을 보여 주었다면, 나는 스스로 물러날 수 있었을 텐데 말이야. 그는 사랑하고 있을 때는 최선을 다했지. 여자를 여왕처럼 모시면서 말이야. 나는 그의 친절했던 모습 때문에 강한 미련을 두고 있는지도 몰라."

그때 그들 뒤쪽에 앉아 있던 아가씨가 출입구 쪽으로 걸어 나가고 있었다. 문밖으로 나선 그녀가 거칠게 우산을 펼쳐드는 모습이 투명한 유리문에 비쳤고, 이어서 초로의 부부인 듯한 두 사람이 카페 안으로 들어오고 있었다. 여자의 말은 계속 이어졌다.

"몰랐는데 그렇게 한 사람을 보내고 나니까 다른 대상을 찾게 돼. 그 대상이 바로 너야."

그러면서 여자는 남자를 똑바로 바라보았다. 남자는 여자가 추근추근 하는 모습을 보이지 않으면서도 자신을 자연스럽게 잘도 호리고 있다는 생각을 했다. 밖엔 여전히 비가 내렸고 빗소리에 맞춰 이번에는 색소폰 연주 음악만을 연달아 틀어주었다. 이 밤을 나와함께, 검은 상처의 브루스, 태양은 가득히……

"원래 비를 좋아하는 나는 분위기 또한 어둡고 축축한 곳을 좋아해."

잠시 음악에 귀 기울인 여자가 또 그렇게 말했다. 메인 요리가 나왔을 때 여자는 포도주 두 잔을 시켰다. 남자는 잠자코 앉아 있었다.

"나는 널 잡아먹으러 왔는데 네 의견은 어때?"

남자가 잠자코 있자 그녀는 다시 노골적인 자기 이야기를 이었다.

"여자는 있잖아 바람이 나도 잘 처리하게 돼 있어."

여자는 그렇게 미리 남자를 안심시키기까지 했다. 남자는 한 번 피식 웃으며 여자가 자신을 잘도 호리고 있다는 생각을 다시 했다.

메인 요리와 포도주 잔이 놓여졌다. 여자는 잔을 들어 남자와 건배하고 조금 마셨다. 그리고 남자가 나이프와 포크를 들자 여자는 다시 주문을 이었다.

"내 것부터 해 줘. 겨자와 후추를 조금씩 뿌리고 아주 먹기 좋은 크기로 썰어 놓으란 말이야."

남자는 이제야 숙녀를 모시는 방법을 하나하나 배워 가는 것 같았다. 아니, 바람둥이가 해야 할 그 무엇들을 하나씩 배워 나가는 것도 같았다. 남자는 여자가 시키는 대로했다. 식사를 하면서도 여자는 이런저런 이야기들을 계속이었다.

"나는, 내가 어른이 된 걸 잘 모르겠어, 너는 아니? 나는 철딱서니가 없는 채로 늙어 죽게 될 것 같아."

여자는 그런 이야기도 했다.

여자의 말에 남자는, 자기도 어른이 된 걸 잘 모르고 살고 있다는 생각을 했다. 자기도 철딱서니가 없는 채로 늙어 죽게 될지도 모르겠다는 생각을 했으며, 몇 년 만에 걸려 온 여자의 전화 한 통화로 덜컥 튀어나온 자신을 생각도 해보았다. 남자는 지금, 철딱서니 없는 남녀가 서로 만나서 저녁을 먹고 있다는 생각을 했다.

식사시간은 그렇게 흘러갔고, 디저트로는 작은 팩으로 쌓인 아이스크림 하나씩과 거품 위에 사과가 반쪽씩 그려진 카푸치노가 나왔다.

"어떻게 알고 사과를 반쪽씩 그려놓았네. 그래 맞잖아. 우리는 원래 반쪽씩이었던 건지도 몰라. 서로가 반쪽씩인 줄도 모르는 체 헤어져 버렸는지도 모른다고."

여자는 속말처럼 웅얼거리며 카푸치노를 조금씩 홀짝거렸다. 여자의 말은 계속 이어졌다.

"전에 내가 말했잖아. 집에서 독립을 하고 싶어서 그 근처에서 자취를 했다는 말."

남자는 기억난다고 말했다.

"그때 말이야. 한밤중이면 옆방에서 나지막한 교성이 들렸거든. 지금은 그렇게들은 안 살지만 예전엔 빌라이건 아파트이건 빈 방들을 놀려 두지 않았잖아."

그랬다. 그때만 해도 어느 집은 도합 세 칸의 방 중 두 칸씩 도 세를 내 주고 객들과 공동생활을 하는 집들이 많았다.

"혹시 부인이 그 소리를 내?"

남자가 머뭇거리자, 여자는

"그럼 좋다고 해?"

라고 다시 물었다.

"나는 아직 그걸 몰라. 느낌이 없어. 그런 여자 많다며? 나는 늘 그렇게 위안을 삼고 지내고 있어."

남자에겐 여자의 그 말들이 의외로 들렸다. 남자는 여자가 많이 밝히고 절대로 느낌 없이 살 여자가 아닌 것처럼만 생각되었다. 남자는 무엇도 부끄러워하지 않았던 그녀를 생각했다. 남자의 생각에는, 그녀는 자신이 감당해 낼 수 없을 정도로 강한 여자로 변모되어 있어야 정상일 것만 같았다. 남자는 그것을 잘 안다는 상대와 모른다는 상대를 놓고 잠시 생각했다. 대체적으로 남자들은 그것을 잘 안다는 상대에겐 왠지 먼저 주눅이 들어버릴 것 같다는 생각을 했다. 남자는 그 점도 역시 그녀가 자신을 잘 호리고 있다고만 생각되었다. 또 남자는 그녀의 말이 진심이라면, 그 점을 놓고 그녀가 바람을 피우게 된 연유를 연관하여 생각했다. 그리고 남자는 모처럼 자신이 궁금한 질문을 했다.

"그럼 그 카사노바라는 그 사람하고도 몰랐어?"

남자는 처음으로 마음에서 우러나는 질문을 한 셈이었다.

여자는 남자의 질문에 그랬다고 대답했다. 그러면서 그 카사노바는 자기가 그에게 좀 익숙해지기 전에 떠난 셈이라고만 말했다. 그렇게 식사와 후식까지를 다 끝내고 나니 시간은 여섯시 반을 가리키고 있었다. 그들은 조금 더 앉아 있다가 카페에서 나왔다. 비는 계속해서 쏟아져 내렸다.

"이제 어디로 갈까?"

여자의 말이었다. 우산을 쓴 그들은 잠시 마주 보고 서있었다. 그리고 그들은 카페 정문을 빠져나갔다. 그들은 빗속 드라이브를 좀 했다. 여자에게서는 여전히 '수이러브'의 향수 냄새가 풍겨왔다. 파랑우산, 검정우산, 노랑우산을 쓴 사람들…….어느 한 골목에선 노란 우비를 입은 유치원생으로 보이는 아이가 빗속에 서서 택견 기초 시범을 하는 모습을 보여줬다. 카스테레오에선 창가에서, 그대와 나, 사랑에 찬가 같은 곡들이 흘러나왔다. 비는 여전히 내렸고 여자는 흘러나오는 곡들을 따라서 흥얼거렸다.

소풍

1

그 여자는 거실 창문에 이런 걸 써서 붙여 놓았다.

나는,

심신이 건강하고 단아하며 예의 바르고 겸손하다.

세련되고 스마트하며 조용하고 지적이다.

섹시하며 사교적이고 청초하며 솔직하다.

상냥하며 청결하고 조용조용 이야기하며 상대의 마음을 배려한다.

흰색 A4용지에 검은색 매직으로 쓴 글씨다. 어디서 옮겨 적은 것인지는 모르나 자기도 그런 여자가 되려고 노력하겠다는, 또는 그리 되고 싶다는 뜻인 것 같다. 좋은 말들이고 바람직한 계획이기도 하다. 하지만 여자의 모습은 그 글귀들과는 거의 어울리지 않는 듯 보인다. 그녀는 자신의 심신이 건강하다고 자부하고 있다. 예의 바르고 겸손 하고자 한다면 당장의 노력으로도 조금은 흉내를 낼 수 있을 것이다. 사교적이거나 솔직하고자 하는 것, 상냥하거나 청결한 것도 당장의 노력으로 흉내를 낼 수 있을 것이다. 조용하거나 조용조용 이야기 하며 상대의 마음을 배려하는 성품도 당장의 노력으로 조금은 흉내가 가능할 것이다. 그러나 스마트 하거나 세련된 것, 지적이거나 섹시한 것, 그리고 청초함은 당장의 노력으로는 힘들듯 보인다. 억울할지는 몰라도, 그런 분위기들은 타고난 것이 아니라면 오랜 세월 각고의 노력을 해야만 어느 정도의 변화를 바랄 수 있을 것이다. 그렇다고 안타까워 할 필요는 없다. 대부분 보통 사람들의 모습이 그러하지 않는가. 여자도 그저 그런 평균적인 모습을 보일 뿐이었다.

그 여자가 전화를 받고 있었다.

"소풍?"

"그래, 완연한 쪽빛이네."

"단풍든 들판?"

"야합野合?"

"호호호 좋아, 좋아. 어쩜 나와 그렇게 아귀가 딱딱 맞는지 몰라."

"조선 춘화도 중에도 그게 있잖아."

"그래, 그거. 대낮 연초록 느티나무 아래서."

"으악……. 너무 좋다. 한마디로 짱이야."

"가게는?"

"그래? 호호호호……"

그로부터 삼십여 분이 지난 후 그들은 서울과 의정부의 경계에 있는 도봉구의 한 카페에서 만났다. 입언저리가 좀 돌출되어 나온 자그마한 여자와 껑충한 키에 퉁방울 같은 두 눈을 데굴데굴 굴리는 빼빼마른 남자였다. 그들은 야트막한 산이 보이는 창가에 마주앉아 이야기를 주고받으며 점심식사를 했다. 푸른 소나무와 낙엽송이 어우러진 산은 반쯤은 푸르렀고 반쯤은 노랗거나 붉은 단풍이 들어 있었다. 그들의 점심은 남자가 냅킨을 들어 돌출되어 나온 여자의 입언저리를, 보는 사람으로 하여금 닭살이 돋게 두들겨 주는 것으로 끝을 냈다.

2

"하늘색 정말 예쁘다. 완전 쪽빛이야."

카페에서 나와 운전석 옆에 앉은 여자는 종알거렸다.

"푸른 하늘 한들거리는 코스모스…… 우리가 함께 하는 이
세상이 정말이지 너무도 아름답지 않아?"

그녀는 목청의 톤을 높이며 퍽이나 감성적인 여자인 양 했
다. 그리고는 뜬금없이 심각한 표정이 되어, 창공 아래 한 점일
자신들의 모습을 말했다.

"그 한 점들은 먼지나 티끌 같은 것이겠지?"

그러자 남자가 말을 받았다.

"개미 같은 것들은 되겠지. 그래도 우리는 생명체이고 그중
에서도 만물의 영장이라고 하는 사람들인데……"

남자는 카페 앞 도로를 빠져나와 큰 도로변에서 우회전을
했다. 좌측 방향은 다시 도심 쪽으로, 우측은 포천 방향의 시외
로 나가는 도로였다. 남자가 우회전을 해 큰 도로에 들어섰을
때 반대편에 현수막 하나가 가을바람에 나부꼈다.

목격자를 찾습니다.

그 현수막 또한 흔히 보이는 것들에 별반 다름이 없는 문구
로, 지나가는 행인을 치고 뺑소니를 친 차량의 목격자를 찾는

다는 것이었다. 입언저리가 돌출되어 나온 여자는 중얼중얼 현수막의 내용을 읽었다.

그들은 아직 목적지를 정하지 못했다. 도시를 벗어나면 어디든 전원이었다. 국토의 70%가 산이라는 우리나라는 어느 곳을 가든 산이 보이고 계곡이 보이고 맞춘 듯 논밭이 펼쳐졌다. 남자는 서울과 의정부를 잇는 동부간선도로 끝 지점에서 포천으로 향하는 국도를 이십분 정도 달리고는 잠시 머뭇거리다가 소요산 방향의 43번 국도로 들어섰다. 여자는 남자를 바라보며 문득 중얼거렸다.

"지금 우리는 7월의 푸름은 이미 아니겠고, 8월의 푸름? 9월? 8월에서 9월 초순의 젊음은 되겠지? 9월 중순?"

그러자 남자가

"8월 중순이야."

라며 못을 치듯 말했다.

남자는 외곽으로만 운전했다. 도로변엔 음식점들이 늘어서 있었다. 도다리횟집, 민물장어, 과메기, 오리구이, 임금님밥상……

"오늘 저녁엔 생미역에 과메기를 싸서 초고추장에 찍어 먹도록 하지. 소주 한 잔 하고 말이야."

남자가 말하자 여자는 좋아 좋아를 연발했고 불포화 지방산

이 어쩌고 성인병 예방이 어쩌고를 종알거렸다. 그녀는 감마
리놀렌산이니 클로렐라 등을 입에 담았고 우리 몸에 좋지 않은
콜레스테롤의 수치를 낮추기 위해서는 양파즙이 최고라고 결
론지었다. 그녀는 건강과 품위 있는 죽음에 대해서도 말했다.
입언저리가 돌출되어 나온 만큼이나 여자는 뭘 좀 아는 척 하
기를 좋아하는 것 같았다. 그 점은 남자도 비슷해 보였다. 남자
도 그것이 퉁방울의 두 눈 값인 양 아는 척 하기를 무척이나 좋
아하는 것 같았다. 그들은 노익장이 어떻고 노후 자금이 어떻
고를 거쳐 치매니 호스피스 전문기관이니 홈헬퍼니 하는 것들
을 이야기했다. 그들은 자신들이 알고 있는 것들을 다 꺼내놓
고 서로 겨루듯 한동안을 떠들었다.

의정부의 외곽을 벗어나자 논밭이 있는 전원이 펼쳐졌다.
들판엔 곡식들이 잘 여물어 가고 있었다. 여자는 들판의 곡식
들을 바라보며 '때는 요때다' 하는 얼굴로 릴케의 시구를 읊조
렸다.

"주여 때가 왔습니다. 여름은 참으로 위대했습니다. 해시계
위에 당신의 그림자를 드리우시고 들판엔 바람을 놓아 주십시
오. 마지막 열매를 영글도록 명 하시어 그들에게 이틀만 더 남
극의 따뜻한 날을 베푸시고……"

카스테레오 FM의 '만일 당신이 날 필요로 한다면' 이라는 팝

곡이 릴케의 시를 마무리 했다. 만일 내가 필요로 한다면 당신은 내게 와 주실 수 있느냐는 물음과 당신이 필요로 한다면 나는 언제든 당신에게로 달려가겠습니다, 하는 노랫말이 이어졌다. 여자는 발장단을 맞추며 그 노래를 흥얼흥얼 따라 불렀다. 차창밖엔 백두루미 한 마리가 날개를 한껏 펼치고 들판을 날고 있었고 길가엔 코스모스 꽃들이 한들거렸다. 초로의 남자가 코스모스 꽃이 피어 있는 길가에 앉아 담배를 피우고 있는 모습이 지나갔다. 잠시 더 달리자 사철 딸기 농장이라는 팻말이 나타났고 두어 채의 비닐하우스가 보였다. 비닐하우스 앞쪽에서는 머리에 수건을 쓴 아낙이 딸기를 팔고 있었다. 남자는 속력을 줄이다가 차를 멈추었고 여자는 차 밖으로 나와 딸기를 흥정했다.

"딸기색이 참 예쁘네요."

"맛도 그만이지요."

"목소리가 참 예쁘세요."

"목소리도 햇볕에 그을렸겠지요?"

"호호호호."

여자는 잘 익은 딸기 하나를 집어 들고는 향기를 맡았다.

"이거 씻지 않고 그냥 먹어도 되는 거지요?"

"그럼요. 비닐하우스에서 완전 무공해로 익힌 건걸요."

집어 든 딸기는 여자의 입 안으로 들어갔다.

"음, 달콤하네요. 맛있어요."

여자는 딸기를 사 가지고 다시 차 안으로 들어왔다.

그들은 딸기를 먹으면서 들판을 가로질렀다. 입언저리가 돌출된 여자의 입이 계속해서 우물거렸고 남자는 퉁방울 같은 두 눈을 데굴거리며 여자가 주는 대로 입을 딱딱 벌리며 잘도 받아먹었다. 그리고 구리방향의 47번 도로 표지판이 나타나자 잠시 또 한 차례 머뭇거렸다. 구체적인 목적지를 정하지 않고 출발한 이유로 그들은 다시금 우왕좌왕했다. 우왕좌왕하면서 여자는 풀벌레들처럼 말이야. 아님 노루나 사슴들처럼. 아님 맹수들처럼, 그렇게 종알거렸다. 그 말에 남자는 이왕이면 맹수들처럼. 이라는 답변을 하며 흡족한 미소를 지었다.

그들은 그대로 43번 국도를 탔다. 이십여 분쯤을 달린 후 휴게소가 보이자 차를 멈추고 나와 휴게소 앞에 놓인 파라솔 아래에 앉아 커피를 마셨다. 그들은 커피를 마시면서도 무슨 이야긴가를 끊임없이 이어갔다. 얼마나 칠칠하면, 내 걱정은 마, 당신이나 잘해, 내가 그렇게 치사해? 히히히, 호호호, 그런 웃음소리와 말들이 간간히 튀어 나왔다. 휴게소를 지나서는 전곡 방향의 37번 국도를 탔다. 이제 FM에서는 '흑장미'라는 노래가 흘러나왔고 이어서 이탈리아 작곡가인 일렉산드로치크니니가 작곡한 '썸머타임 인 베이스'가 흘러나왔다. 노래를 들으며 여자는 말했다.

"도대체 이 세상엔 사랑과 또는 상처 따위의 노랫말을 빼놓으면 할 말들이 없는 것 같아. 사랑의 흔적이 반드시 상처만은 아닐 텐데, 정서적으로 혹은 정신의 영양소가 될 수도 있는 것이잖아?"

그때 남자는 여자의 말을 듣지 못하는 듯했다. 그 음악 전편을 테마 음악으로 했던 '여정'이라는 고전 영화를 본 것을 말하고 싶어 여자의 말을 들을 겨를이 없는 듯 했다. 남자는 여자에게 영화를 보았느냐고 물었다.

"아니 못 보았는데."

남자는 영화 '여정'의 줄거리를 간추려 말로 보여주기 시작했다.

"캐서린 헵번이 주연을 맡았거든. 이탈리아 본토와 베네치아를 연결하는 다리 위로 열차가 달리고 있었단 말이야. 그 열차 안에서는 캐서린 헵번이 차창 밖을 바라보며 열심히 카메라 셔터를 누르고 있었어. 그리고 베네치아에서 내린 그녀가 숙소까지 배를 타고 가는 모습이 보였어. 그녀는 40이 가까운 독신녀였고 직업여성이었지. 아무튼 그때 그녀의 눈엔 어디를 보나 연인들의 데이트 장면들이 보였어……

장면은 바뀌고 카페테라스에 앉은 그녀의 모습이 보였지. 그때 한 남자가 그녀를 바라보고 있었단 말이야. 결국 그들은 뜨거운 사랑을 나누게 되고, 헵번은 잊을 수 없는 추억을 안고 베네치아를 떠난다는 이야기야."

"바보 같아."

남자의 이야기가 끝나자 여자는 입에서 나오는 대로 그렇게 말했다. 그러면서 여자는 어쩔 수 없이 바보 같아야 한다면 헵번의 가슴속엔 추억에 대한 보상만큼 그리움과 상처가 남아 있을 것을 이야기했다.

"한동안은 말이지. 그건 역시 남자도 마찬가지겠지? 그리고 상처라는 말을 뒤집으면 행복이란 뜻이 아니겠어?"

라며 말끝을 올렸다.

여자의 말에 남자는 미소를 띠며 대답했다.

"우리의 만남엔 상처 따위는 필요 없어. 그리움과 만남만 연결하면 돼. 그대가 죽자 사자 날 미워하게 된다면 이야기는 다르겠지만 말이야."

남자는 고개를 돌려 퉁방울의 눈으로 여자의 얼굴을 쳐다보고는 씩 웃었다. 그러자 여자가 말을 이었다.

"당신이 날 죽자 사자 미워하게 될 수도 있잖아. 아무런 이유도 없이 말이야. 어떤 귀신의 농간 같은 것으로 말이야. 만약 내가 미워지면 귀신의 농간이라고 생각해. 영화 같은 것에서도 보면 남녀가 서로 사랑을 할 땐 꽃길에서 명랑하잖아. 아무래도 우리의 지금이 그 시기쯤 되는 것 같아."

그리고는 때를 맞추듯 국도변에 모텔 하나가 보이자 남자는 돌출되어 나온 여자의 입술에 주둥아리 접속인지 뭔지를 했다. 노래는 계속해서 흘러나왔다. 역시 사랑과 상처 따위의 노랫말들이었다. 그들은 그렇게 이야기를 나누며 한동안을 더 달렸다.

어느새 차는 반짝반짝 빛을 내며 흐르고 있는 강물을 끼고 달리고 있었다. 한탄강漢灘江이었다. 궁예가 왕건에게 쫓겨 명성산으로 도망을 칠 때 강을 건너며 한탄을 했다 해서 한탄강恨歎江이 되었다는 설과, 6·25전쟁 중 다리가 끊겨 더 이상 남하를 하지 못한 피난민들이 한탄의 눈물을 흘렸기 때문에 붙여진 이름이 되었다는 설이 있는 한탄강이었다. 하지만 원래는 큰 여울강이라는 이름이었고 한漢은 순 우리말로 크다 넓다 등의 뜻이고 탄灘은 개울 또는 개천이라는 뜻으로 그 뜻 그대로 한탄강漢灘江으로 불리게 되었다고 하는 강이었다. 남자는 잠시 멈춰 서서 여기저기로 시선을 돌리며 바라보다가 다시 드라이브를 하기도 했다. 여자도 차창을 한껏 열어젖히고 여기저기를 계속 흘끔거렸다. 길지도 짧지도 않은 그녀의 단발머리가 강바람에 몹시도 흩날렸다. 강가엔 소풍을 나온 듯한 사람들이 간간히 보였다. 남자는 한동안을 그렇게 운전을 하다가 안내 표지판 앞에서 차를 멈추었다. 인근 전곡리라는 마을에 선사 유적지가 있다는 안내문이었다. 남자는 안내판을 바라보며 말했다.

"우리말이야."

남자는 얼굴에 잔뜩 미소를 머금고는 약간 뜸을 들이며 말했다.

"우선 이곳을 감상해 보는 것도 괜찮을 것 같은데……"

남자는 말끝을 흐리며 의미 있는 눈빛을 여자에게 건네고는 다시 말을 이었다.

"그런 다음 우리도 그들처럼 원시적인 야합을 해보자는 거지."

그러자 여자도 남자에게 눈빛을 빛내며 말했다.

"멋진 생각이야, 사실 조선 춘화도 정도는 많이 세련된 것이 잖아."

그들은 손을 올려 맞장을 쳤다.

"일곱 살 때 못 만난 것이 억울하다니까."

남자의 말에 여자가 '세 살 때라고 해'라는 대꾸를 했다.

남자는 안내표가 인도하는 화살표 방향으로 차를 몰았다.

선사 유적지는 한탄강 바로 옆으로 약간 둔덕이진 구릉지 위에 있었다. 그들은 유적지 입구 주차장에 차를 세우고 차 밖으로 나왔다. 남자는 주위를 둘러보며 말했다.

"지형적인 변화야 있었겠지만 지금 생각으로도 강 유역을 낀 이곳은 선사인들이 살았을 법 하다는 생각이 들어. 산과 들에서 열매를 채집했을 것이고 물을 마시기 위해 강으로 내려오는 동물들을 사냥했을 것이야. 물론 고기잡이도 했겠지."

여자도 강과 구릉지를 바라보며 남자의 말에 수궁을 한다는 표정을 보였다. 그리고 구릉지 한쪽을 손가락질하며

"저기 어디쯤엔 패총貝塚이 남아 있을지도 몰라"라고 했다. 평일이어서인지 관광객 두세 사람이 보일뿐 한산했고 노란색 옷을 단체로 입고 있는 유치원생들이 유적지 출구 쪽에 나란히 서서 선생님의 이야기를 듣고 있었다. 솜사탕과 아이스크림 또는 조개구이, 컵라면 종류 등의 요깃거리들을 팔고 있는 상인들이 입구 양편에 늘어서 있는 것을 보니 많건 적건 평일에도 관광객들은 꾸준히는 이어지고 있는 것 같았다. 여자와 남자는 입구 쪽으로 가서 안내 책자를 하나씩 받았다. 책자 표지엔 세 명의 선사인들이 뾰족한 나무막대와 주먹도끼 모양의 돌과 급한 대로 주위에서 주워들었을 것으로 보이는 커다란 돌덩이를 들고 멧돼지를 사냥하고 있는 모습이 그려져 있었다. 여자는

안내 책자를 넘기며 소개되어 있는 안내문의 한 면을 읽어 내
려갔다.

전곡리 선사 유적지는 1978년 4월, 당시 동두천의 미 공
군 하사관이었던 '그렉보웬'에 의해 처음 발견되었다. 미국
인디아나 대학에서 고고학을 전공한 그는 한탄강 유역을 여
행 차 들렀다가 주변에서 우연히 주먹도끼 석 점과 긁게 한
점을 발견하게 되었다. 한눈에도 이 유물들이 예사롭지 않다
고 생각한 그는 자신이 발견한 석기의 사진과 발견 경위를
소상히 적어 프랑스의 저명한 구석기 전문가인 보르드 교수
에게 연락을 취하게 된다.

이어서 다음 면은 남자가 읽었다.

전곡리 선사 유적지는 동아시아 최초로 주먹도끼가 발견
된 유역으로 세계 구석기 지도에 표기 되고 있는 우리나라의
대표적인 구석기 유적지다. 1978년 전곡리에서 주먹도끼가
발견되기 이전 구석기 연구 경향은 동아시아 지역에는 주먹
도끼가 존재하지 않는다는 의견이 지배적이었다. 특히 미국
의 모비우스 교수는 동아시아에 주먹도끼가 없는 이유로 고

인류 단계에서부터 이 지역은 서구지역에 비해 문화적으로 뒤쳐진 상태로 있었기 때문이라는 가설도 제시했다. 그러나 전곡리에서 유럽-아프리카 지역의 주먹도끼와 동일한 수준의 주먹도끼가 발견되자 모비우스 가설을 넘어 새로운 관점으로 동아시아 지역의 구석기 문화를 연구하는 계기가 되었다.

3

매표소를 지난 유적지 입구엔 미롱이와 코롱이라는 이름이 새겨진 선사시대의 두 아동이 손님을 반기듯 양팔을 벌리고 서 있고 그 아래엔 또 하나의 안내문이 돌기둥에 새겨져 있었다. 그 돌기둥엔 '이곳이 우리나라 구석기 시대를 대표하는 선사유적지로서 400여 점이 넘는 석기들이 출토되어 있다'라고 소개 되어 있었다. 그들은 잠시 서서 미롱이와 코롱이의 머리 위로 조용히 내리 쪼이고 있는 가을 오후의 햇살을 바라보았다.

그들은 구릉지 안쪽으로 들어갔다. 구릉지 안엔 넓은 초원이 펼쳐져 있었고 군데군데에 움집과 고대인들의 생활상을 담은 청동조각들이 서있었다. 돌과 나무막대를 들고 사슴을 쫓고 있는 모형이 서있었고 나무막대로 땅을 헤집는 모형도 있었다. 동물 뼈다귀를 손에 든 벌거벗은 아이도 있었다. 그곳엔 그 시절에 그랬음직한 모형들이 모두 그랬음직하게 서있었다. 커다란 노루 한 마리를 긴 장대에 묶어 둘러맨 한 무리의 남자들도 보였다. 그들은 그런저런 모형들을 바라보며 걷고 걸어서 연못가에 닿았다. 연못에서는 물고기를 잡고 있는 고대인들이 나무창을 들고 예리한 시선을 물속에 던져둔 조각상이 있는가 하면, 나무창에 꿰어진 물고기를 막 들어 올린 모습의 고대인도 세워져 있었다. 그들은 이야기를 잇기 시작했다. 그들은 다시 자신들이 알고 있는 것들을 다 꺼내놓고 서로 겨루듯 떠들었다. 인류의 조상과 같은 것으로 추정하고 있다는 바닷속 어떤 생물체를 말했고, 유인원의 돌연변이에 대해 이야기를 나누다가 인류 최초의 직립보행자 오스트렐로피테쿠스부터 호모에렉투스 호모사피엔스 등의 이야기로 이어졌다. 그들은 또 멸종되었다는 네안 데르탈렌과 아프리카 기원설 등 인류 조상과 인간의 진화에 대한 이야기를 하며 서로 각기 다르다는 DNA에 대해서 한동안 갑론을박 했다. 상형문자와 파피루스에 대하여, 그리고는 폼페이의 최후의 이야기도 나왔다.

"어디 폼페이의 모습들뿐이야? 지금 어느 도시 할 것 없이 한밤중에 그런 일이 또 발생한다면 그때나 지금이나 모두 그런

저런 모습들 천지일 텐데……."

여자가 그렇게 말하자 남자는 고개를 끄덕였다. 이어서 그들은 고대인들에게도 있었을 사춘기와 사랑이야기를 등장시켰다.

"우리처럼 남의 아내나 남편을 탐한 고대인들도 많이 있었을 거야."

여자가 말하자 남자가 답변했다.

"지금보다 더 많았을 지도 몰라. 분하고 억울한 별별 사건들이 다 있었을 거야."

"남의 남자와 정을 통하며 슬퍼하던 여자도 있었을 테고 남자도 있었을 테지."

"강제로 빼앗기거나 여자 때문에 맞아 죽은 남자도 많이 있었을 거야."

"그 반대의 사건들도 있었을 거야."

"짐승에게 아이와 아내를 빼앗긴 남자도 있었을 테고, 그 반대의 여자도 있었을 테지."

연못 주위엔 막 피어난 풀꽃들이 종종종 피어 있었고 모닥불의 모형도 만들어져 있었는데 그 위엔 나무 꼬챙이에 꿰인 물고기들이 익어가고 있는 모습도 보였다. 그들은 그것들을 바라보며 연못을 지나왔고 이집 저집 갈대 등으로 엮어 놓은 움집의 내부를 기웃거렸다. 내부엔 어린아이를 안고 있는 어떤 여자가 앉아 있었고 움집 앞에서는 부싯돌을 서로 부딪쳐 불꽃을 일으키고 있는 남자가 있었다. 어느 집에서는 부싯돌을 통나무에 비벼대고 있는 남자들도 보였다. 나무껍질을 잇거나 동물 가죽을 이어 만든 의복을 걸친 아이들이 둥글게 모여 앉아 땅바닥에 무언가를 그리고 있는 모습도 보였다.

그들의 대화는 다시 사랑타령으로 이어졌다. 그들에게도 있었을 사랑과 상처와 슬픔 따위들의 이야기들이었다. 여자는 돌을 다듬고 있는 한 고대인 남자를 손가락질 하고는 다시 손가락과 시선을 들판 너머로 두며 말했다.

"저 남자는 바로 들판 저 너머에서 나물을 뜯고 있는 어떤 여자를 사랑하고 있어. 잘 봐봐, 돌을 다듬으면서 가끔씩 고개를 쳐들고 나물을 뜯고 있는 여자를 쳐다보지? 저기 저쪽 말이야. 저기 여자도 마찬가지야."

여자는 그렇게 말하며 구릉지 저쪽을 또다시 손가락질했다. 남자는 그 방향을 바라보았다. 구릉지 바깥 멀리에선 두어 조각의 뭉게구름만이 막 솟아오르고 있었다. 여자는 다시 나무 막대기로 그림을 그리는 아이들 쪽을 가리키며 말했다.

"그때의 이곳 날씨는 어땠을까? 저 애들도 때때로 춥고 배가 고팠을 거야."

"당연하지. 춥고 배고픈 중에도 여자애는 남자애를, 남자애는 여자애를 좋아했을 것이고."

남자의 대답에 여자는 또 한 번 '때는 요때다' 하는 얼굴이 되어 불쌍해 죽겠다는 목소리로 탄수화물이 지방으로 축척되는 진부한 이야기를 진부하게 늘어놓았다.

"사람의 몸도 영리하게 진화한 거겠지? 지방을 축척시켜 굶주림에 대비를 했으니까 말이야. 얼마나 오랜 세월 굶주림에 시달려 왔으면 그런 형질을 탄생시키고 말았냐는 말이야. 결국 현재 비만의 기원이 선사시대까지 올라가는 건가?"

그리고는 또다시 사랑타령을 이었다.

"저들도 바로 사춘기가 될 테고 사랑을 알게 될 거야. 그들에게도 사랑이 있고 이별이 있고 그리움이 있게 되겠지. 어떤 형태로든 말이야. 결국 인간의 핵심은 사랑으로 요약되는 것 아닐까?"

이야기는 먼 태고의 인연으로 올라가기 시작했다. 어쩔 수 없이 그들은 각자 자신들의 남편과 아내를 생각했다. 먼 태고의 인연으로의 만남이란 말은 결혼식 날 주례사들이 이구동성으로 쓰는 말이었다. 그들의 주례사들도 그 말을 했다.

'건강할 때나 아플 때나 늘 부인을 공경하고 사랑하며 함께 할 것을 맹세합니까?'라는 물음도 같았다. '비가 오나 눈이 오나 늘 남편을 공경하고 사랑하며 함께 할 것을 맹세합니까?'라는 물음도 같았다. 주례사가 그렇게 물었을 때 거의 모든 남자들은 씩씩한 이미지를 보여 주겠다는 듯 큰 소리로 대답한다. 그도 그랬다. 반면 여자들은 똑같은 질문을 받았을 때 착하고 순진한 아가씨인 양 작은 목소리로 대답한다. 그녀도 그랬다. 남자와 여자는 똑같이 자신들의 그때를 떠올렸다. 이제 그들은 먼 태고의 인연을 놓고 이야기를 하기 시작했다.

"그때도 우리는 불륜의 사이였을까?"

여자가 말하자 남자는 반 농담처럼 그러나 어느 정도는 진지해진 얼굴로 말했다.

"그때는 아니었을 거야. 아마도 부부사이는 아니었을까? 지금도 나는 어느 쪽이 불륜인지 잘 감이 잡히지 않아."

여자는 남자의 그 말에 흡족한 미소를 지었다. 그리고 여자와 남자는 손을 잡고 유적지의 넓은 초원이 끝나는 지점까지 걸어갔다. 그곳엔 나무 울타리가 길게 둘러져 있었다. 그들은 나무 울타리 밖으로 나갔다. 남자가 먼저 나가고 여자는 남자의 부축을 받으며 나갔다. 남자의 부축을 받으며 여자는 인생은 즐거워 인생은 즐거워를 종알댔다. 구릉지 바깥은 야산으로 연결이 돼 있었다. 그들은 찔레꽃 넝쿨이 우거진 숲 속으로 발길을 재촉하며 주위를 두리번거렸다. 여자가 손가락질을 하며 나물을 뜯는 고대의 여자가 서있다던 곳이었다. 주위는 사뭇 조용했고 어디선가 풀벌레들의 울음소리가 들려왔다. 그들은 야산 안쪽으로 좀 더 걸어 들어가 두리번거리면서 적당한 장소를 골랐다. 그리고 그곳 고대인들이 그랬다는 듯 어떤 동물과도 흡사한 눈길을 서로 주고받았다.

그들의 모습은 한마디로 가관들이었다. 아랫도리만 벗겨진 네 개의 다리는 바쁘게 움직거렸고, 남녀의 입 언저리는 붉은색 립스틱이 범벅이 된 상태였다. 그들은 그 꼴로 콧궁기를 빠르게 벌름댔다. 돌출된 여자의 입언저리는 좀 더 뾰쪽하게 튀어 나온 듯했고 퉁방울 같은 남자의 두 눈도 더욱 커진 퉁방울이 되어 데굴거렸다. 그들은 그렇게 몰입해 자기들 말로는 로맨스인지 뭔지를 즐기고 있었다. 그때였다. 우리나라에서 서식하는 독사 중 가장 강력한 독을 갖고 있다는 까치살모사 한 쌍이 그들을 향해 나란히 다가오고 있었다. 삼각형의 머리 부분에 화살표 모형의 일곱 개 점이 있다고 해서 칠점사라고도 불리는 독사였다. 동맥을 물리면 적어도 30분 안에, 정맥을 물리면 한 시간 안에는 독성을 풀어야 살 수 있다는 까치살모사였다. 그만큼 독성이 강해 한 번 물리면 일곱 걸음을 떼기도 전에 죽는다. 그래서 칠점사다, 라는 말이 있는 놈들이었다. 그놈 까치살모사들은 어른 한 팔 길이쯤 되어 보였는데, 무슨 이유로든 그것들도 마침 그곳으로 소풍을 나온 길이었다. 아무튼, 그것들은 직선으로 다가오다가 그들의 움직임을 보고는 멈칫 정지했다. 그때 까치살모사의 수컷인지 암컷인지가 입을 열었다.

"어디서 굴러온 개뼈다귀들이야?"

수컷인지 암컷인지의 말을 들은 다른 한 마리의 수컷인지 암컷인지가 그 말을 그대로 따라서 했다.

"어디서 굴러온 개뼈다귀들이야?"

다시 까치살모사의 암컷인지 수컷인지가 말했다.

"어디라고 감히 시뻘건 대가리들을 슬쩍슬쩍 쳐들고 지랄이야?"

그러자 다른 암컷인지 수컷인지가 그 말을 또다시 그대로 따라했다.

"어디라고 감히 시뻘건 대가리들을 슬쩍슬쩍 쳐들고 지랄이야?"

그리고는

"당장 죽여 삐자."

라고 합창을 했다.

한 쌍의 까치살모사들은 오던 길을 좀 더 빠르게 달려왔다. 오후의 햇살은 여전했고 사람들의 인적은 없었다.

남자와 여자 앞에 도착한 까치살모사는 그들의 머리 부분에서 양편으로 갈라섰다. 그리고 그들의 몸의 중간쯤에서 고개를 마주 쳐들고는 각각 남녀의 허리를 물었다.

"어머!"

"앗!"

동시에 그들은 물린 부분에 손을 뻗었다. 차갑고 미끈한 듯 껄끄런 피부가 만져졌다.

"앗."

"이런!"

남녀는 동시에 소리를 내지르며 벌떡 일어섰다. 일어서다가 남자는 뒤꿈치 부분을 한 번 더 물렸다. 물린 부위에 심한 통증이 느껴졌다. 그들은 그들 양편에서 다시 공격 자세를 취하고 있는 까치살모사 두 마리를 보았다. 삼각형의 머리를 쳐들고는 또 한 번의 기회를 살피듯 꼬리를 살살 흔들고 있는 그것들은 짙은 회색과 검정색이 알록달록하게 줄무늬가 있는 것으로 전체적으로는 칙칙한 검은색을 띠고 있는 놈들이었다.

"칠점사다."

남자가 다시 소리를 내질렀고 여자는 혼비백산이 되어 20미터 정도를 도망쳤다. 남자는 자신이 죽을 거라는 생각이 들었다. 그래서도 그것들을 당장 죽이지 못한다면 천추의 한이 될 것 같았다. 남자는 여전히 머리를 처들고 있는 까치살모사들에게 달려들어 힘껏 밟아 댔다. 그 과정에서 남자는 암컷인지 수컷인지 모를 까치살모사에게 뒤꿈치 부분을 한 번 더 물렸다. 아무튼 그렇게 잠깐의 격전이 있은 후 두 마리 중 한 마리의 까치살모사가 고개를 떨어뜨리고 몸을 떨었고 다른 한 마리는 풀숲으로 사라졌다. 남자는 풀숲으로 사라지는 까치살모사를 쫓아 두어 걸음을 떼다가 그 자리에서 쓰러졌다.

여자는 재빨리 허리 부분을 살피고는 소리를 치기 시작했다. 물린 부분엔 날카로운 이빨 흔적 두 개가 꽉꽉 찍혀 있었으며 욱신거렸고 벌써 새카맣게 변색을 하며 부어오르기 시작했다.

"도와주세요. 도와주세요."

"독사에 물렸어요. 독사에 물렸어요."

"도와주세요. 도와주세요."

그리고는 여자는 더 이상의 소리를 내지 못했다. 손발을 달달 떨며 심한 구토를 했고 혀 또한 말을 듣지 않았다.

멀리 공원 안쪽에서 나란히 걷던 젊은 남녀가 언뜻 뒤돌아보는 듯 했다. 그뿐이었다. 그들은 다시 자기들의 길을 걸으며 멀어져갔다.

피토가 지나가던 날

태풍 피토가, 남해 먼 바다에서 출발해 중국 서쪽을 향해 북상하던 날 서울엔 비가 내렸다. 추적추적 하루 종일.

오전 열 시경 일찌감치 배낭을 메고 시장에 갔다. 시장 안에 있는 대형 슈퍼에서 세일 품목들이 소개된 안내문을 아침 신문에 끼워보냈기 때문이었다. 나는 이것저것을 체크해 놓았다. 시장으로 간 나는 체크한 품목들을 사서 배낭에 한 짐 채워 넣고, 한 짐 채워진 배낭을 메고 다시 집으로 향해왔다. 중간 쯤 걸어 왔을 때 한 여자가 젖은 길바닥에 널브러지게 앉아 중얼거리고 있는 것이 보였다. 60대 초반 정도의 여자였다. 여자의 손엔 핸드백과 보따리에 싼 무언가가 들려 있을 뿐 우산은 가지고 있지도 않았다. 그녀는 웅얼웅얼 횡설수설했다. 40대 초반 정도로 보이는 두 여자가 길을 걷다가 걱정스러운 표정으로 다가와 그녀에게 우산을 씌워 주었다. 한 여자는 짧은 단발머리를 했고 다른 한 여자는 긴 파마머리를 하고 있었다. 궁금증이 일은 나는 그들에게 다가갔다. 그녀들은 여자에게 물었다.

집이 어디세요? 일어날 수는 있으시겠어요?

여자는 웅얼웅얼 고개를 흔들며 앞에 보이는 다세대 주택의 한 건물을 가리켰다.

저기 402호.

그리고는 또 뭐라고 계속해서 웅얼거렸다. 짧은 단발머리의 여자가 그녀가 가리킨 건물 안으로 들어갔다. 잠시 후 단발머리 여자는 그런 사람 살지 않는다는 답변을 듣고 내려왔다. 이제 그녀 곁엔 나까지 합세해 셋이 되었다. 이번엔 내가 물었다.

집이 어디세요?

그러자 그녀는 먼저 가르쳐준 옆에 있는 똑같이 생긴 건물을 손가락으로 가리키며 말했다.

저기 402호.

이번엔 긴 파마머리 여자가 건물 안으로 들어갔다. 묻긴 내가 물었지만 나는 꽉 채운 배낭을 메고 있었으므로 그녀가 들어갔다. 잠시 후 긴 파마머리 여자 역시 그런 사람 살고 있지 않는다는 답변을 듣고 내려왔다. 셋이 된 우리는 널브러진 여

자에게 우선 옆쪽에 보이는 건물의 큰 대문 앞 난간으로 가도
록 유도했다.

저곳에서 비라도 피하세요.

그러자 여자는 엉금엉금 기어서 난간으로 가 다시 널브러졌
다. 그녀는 계속해서 뭐라고 웅얼거렸다. 셋은 그녀를 싸고 서
서 속삭였다.

치매가 있나 봐요. 집 나온 지는 하루 이틀 정도는 된 것 같
지요. 어느 순간 정신을 잃고 길을 헤매고 있는 듯 보여요.

우리는 각자 보이는 대로 속삭였다. 나는, 내가 이 근처에서
10여 년을 살고 있지만 저런 분 본 적이 없다는 말을 했다. 나는
그녀를 한 번도 본 적이 없는 것 같았다. 우리는 경찰의 도움이
필요하다는데 합의를 보았고, 그녀를 경찰에 신고했다. 여자는
여전히 웅얼거렸다. 경찰에 신고를 한 우리는 다시 속살거렸
다.

그동안 식사는 제대로 했을까요. 무서운 일이예요. 아무도
누가 언제 저렇게 될지도 모르는 일이고요.

그때 단발머리 여자가 널브러져 웅얼거리는 여자를 바라보
며, 저러다 혹시 벌떡 일어서서 우리 중 누군가에게 봉변을 입
힐 수도 있지 않겠느냐는 말을 했다. 그래서 우린 한 걸음씩 뒤
로 물러서기도 했다.

경찰이 올 때까지만 서있지요.

긴 파마머리 여자가 말했고 우린 동의했다. 잠시 후 경찰차가 도착했다. 차 안엔 두 사람의 경찰이 타고 있었다. 한 사람은 운전을 하고 있었고 다른 한 사람은 운전석 옆에 앉아 있었다. 운전석 옆에 앉은 경찰이 차 안에서 내렸다. 셋은 입을 벌려 자초지종을 말했다. 경찰은 그녀를 바라보며 말했다.

저 쪽 산 아래 사시는 분인데 이분 자주 이래요. 밤낮없이 술에 취해 이래요.

술에 취한 거예요?

우리는 비 때문인지 술 냄새를 맡지 못했다는 이야기를 합창하듯 했다. 잠시 후 운전하던 경찰도 차 안에서 나와 그녀를 들다시피 하며 뒷좌석에 앉혔다. 그때 널브러져 있던 여자가 우리 셋을 향해 일갈을 했다.

미친년들이 가던 길이나 가지 않고 경찰에 신고해? 미친년들.

아침부터 미친년들이라는 욕을 먹은 셋은 각자 가던 길로 향해갔다. 나는 집으로 터덜터덜 돌아왔다.

열한 시경엔 병원에 갔다. 병원은 집에서 1㎞ 정도 떨어져 있는 거리에 있었다. 혈압에 문제가 있어서 한 달에 한 번씩 처방전을 받는 곳이었다. 나는 보름 전 다른 내과에서 정밀검사를 받았다. 버스를 타고 다섯 정거장쯤 떨어져 있는 그곳엔 대학병원과 똑같은 기계를 들여놨다는 소문을 듣고 찾아간 거였다. 내가 다니고 있는 집 앞이라고 볼 수 있는 이 병원은 환자를 잘 본다, 처방전이 좋다, 라는 평은 듣지만 몸 안을 구석구석 들여다볼 수 있는 신형 초음파 기계까지는 갖고 있질 않았다. 나는 참고용으로 그곳에서 받은 검진보고서 라는 것을 가지고 갔다. 젊은 의사가 고개를 숙이고 내가 보인 검진표를 들여다 보았다. 그의 표정이 영 씁쓸했다.

처방전에 더 필요한 것이 있을까 해서 가지고 왔어요.

나는 그렇게 말했고, 그렇게 말하는 내가 미안했다. 젊은 의사의 고개가 좀 더 숙여졌다. 아직은 여러 가지 비싼 의료 장비들을 갖추지 못한 병원으로서의 자괴직감이라는 걸 가지고 있는 듯 보였다. 나는 다음 말을 이었다.

다른 건 다 정상인데 간의 수치가 좀 안 좋게 나와서요. 약을 복용해야 할 정도라면 처방전에 첨부해 줄 수 있지 않을까 해서요.

미안해진 나는 그 말을 변명처럼 했다. 젊은 의사는 고개를 끄덕였다. 하지만 표정은 여전히 씁쓸해 하고 있었다. 나는 이것이 실수가 되는 걸까 생각하며 젊은 의사의 성격적인 면을 생각했다. 그의 표정이 그러하니 내 마음도 개운치가 않았다.

처방전엔 간 건강에 도움을 준다는 우루사 하나씩이 더 첨부되어 있었다. 우루사 정도는 처방전이 없이도 약국 상담만으로도 가능한 것이었다.

병원 앞에서 나는 남편의 전화를 받았다. 남편은 퇴근하고 친구를 만나야 하기 때문에 늦게 귀가 할 것이라고 보고하듯 짧게 말했다. 남편과 통화를 끝내자 곧바로 다시 신호음이 울리며 액정에 '이해해'라는 이름이 떴다. 근처에 살고 있는 여자의 전화였다. 여자는 한때 같은 등산클럽의 멤버였다. 그 모임은 특별한 이유 없이 3개월 이상을 나오지 않으면 자동 강제 퇴장이 되었다. 가까이 살고도 있고 나이도 같은 그녀와 나는 친구가 되어 6개월 정도는 함께 열심히 등산을 했었고 내가 그녀 보다 2개월쯤 빨리 강제 퇴장을 당했다. 그 후 그녀와 나는 가끔씩 전화하고 가끔씩 만나는 사이가 되었다. 지금은 그녀의 이름을 '이해해'라고 표기해 놓았지만, 처음엔 '귀 아픔'이었다. 나보다는 좀 더 넉넉한 생활의 자랑을, 그것도 반복적으로 해서 귀 아픔이라는 표기를 했었다. 게다가 그녀는 자기 자랑을 늘 부풀렸다. 입고 있는 의복의 가격이나 집에서 쓰는 물 주전자 하나도 세월이 지나면 처음 말한 가격보다 30~50% 또는 100%로 부풀려 반복해 자랑해댔다. 하지만 어느 날 나는 그녀에게서 그녀 자신의 이야기를 들은 후 이해해로 바꾸었다.

나는 귀가 아프도록 자랑해대는 그녀를 이해했다. 그리고 그 후 나는 그녀의 자랑에 추임새까지도 넣어주고 있는 처지가 되었다. 경제적 여유도 없이 사업을 시작한 남편과의 갖은 고생담들을 나는 들었다. 큰아이에 이어 두 살 터울의 둘째 아이를 낳을 때까지도, 아이를 낳기 30분 전까지 월셋방에 쪼그려 앉아 무슨 일이든 해야만 했던 그녀의 이야기들 또한 들었다. 그리고 그녀는, 자신의 형편이 나아진지가 겨우 몇 년이 되지 않았다는 말을 했었다. 어쨌든 나는, 내 남편이 비록 동사무소와 구청을 오가는 말단 직원이었지만 그 덕에 소박한 생활이나마 늘 잔잔하게 이을 수 있었으니 지금은 나보다 좀 더 형편이 좋아야 동등하다는 계산 또한 했던 거였다.

비도 오고 커피 마시러 와. 쫄깃쫄깃한 인절미도 있어.

그녀는 그렇게 말했다. 나는 시간 계산을 했다. 그리 여유롭지는 않았지만 쫄깃쫄깃한 인절미 그리고 빗소리와 어우러지는 커피향의 유혹을 떨칠 수 없었다. 나는 그녀의 집을 향해 가며 그녀가 오늘은 또 무얼 붙잡고 자랑의 꽃을 피우려나? 궁금해 했다. 어디 풍광 좋은 곳에 별장지라도 구입했나? 아님 보석을 샀나? 비싼 장식품을 들여 놓았을까?

카펫을 다시 바꾸었네?

그녀의 집 안을 들어서며 나는 반색의 음성으로 말했다. 그녀는 주방으로 가 커피를 내리며 말했다.

글쎄 먼저 것도 멀쩡한데 막내 딸애가 지루하다고 해서 바꾸었어.

그녀는 아들과 딸을 두었는데 두 번째 태어난 딸애 앞에 꼭 막내라는 호칭을 붙였다. 그녀의 막내 딸애는 열한 살 이제 초등학교 4학년이 되어 있었다.

이거 얼마 줬어? 먼저 것도 좋은 것이었는데 이건 좀 더 고급스러워 보이는데?

카펫은 그녀의 넓은 거실을 꽉 채우고 있었다. 암수 두 마리의 낙타가 마주 보고 있는 사막 저쪽엔 아침 태양이 떠오르고 있었다.

270만 원 인도산 직수입이야. 손으로 한 땀 한 땀 엮은 거래.

그녀는 말했다. 나는 손으로 한 땀 한 땀 엮은 것이 270만 원이면 되나? 하는 의심을 하며, 한 땀 한 땀 엮었다는 카펫을 쓸어대면서, 어느 한구석 한 땀 한 땀 엮어진 곳이 있을까를 살펴보면서, 그냥 속아 주자는 결론을 하며 추임새를 넣었다.

아, 아름다운 이국 여인의 섬섬옥수!

먼저 것도 180만 원짜리야. 그건 그저 흔한 이태리산이었지.

처음엔 한국산 90만 원이라고 한 것이, 어느 날부터 120만 원으로 바뀐 그 카펫의 가격을 이제 그녀는 이태리산 180만 원으로 올려 말하고 있었다.

윗동 할머니가 준다니까 얼른 가져갔어. 자기를 줄걸 그랬어.

이때 나는 속으로 발끈했다. 발끈하면서 발끈할 일일까를 생각했고 다시 발끈했다. 하지만 나는 그녀의 말에 아무런 대꾸를 못하고 있었다. 그게 내 성격이기도 했다. 특히 이럴 때는 더욱. 내 기분이나 의사를 표하지 못하는 것. 나는 그런 나를 '등신 같아서'라고 스스로 평가하고 있었다. 나는 결국 속으로만, 더럽게 그걸 내 집에 깔아? 네가 쓰던 걸? 어림도 없지. 그리고 콧방귀, 콧방귀를 날렸다. 자기를 줄걸 그랬어? 나는 그녀의 말을 다시 되새기며 역시 속으로 속으로만, 이젠 널 안 봐. 안 보겠어. 안 보면 그만인 거야. 가끔 혼자 중얼거리던 말을 또다시 중얼거렸다.

그녀는 접시에 노란 콩고물이 묻은 쫄깃쫄깃한 인절미와 커피를 내왔다. 마음이 상한 나는 더 이상 커피향도 쫄깃쫄깃하다는 인절미도 관심이 없었다. 빨리 그녀의 집에서 나오고만 싶었다. 하지만 등신 같은 나는 결국 커피를 마시면서 인절미를 집어 입 안에 넣고 우물우물 씹어 꾸역꾸역 넘겼다. '맛이 괜찮네' 하면서. 그리고 곧바로 바쁘다는 이야기를 하고 그녀의 집에서 나왔다. 그렇게 그녀의 집에서 곧바로 나오는 것만이 내가 할 수 있는 전부였다. 그녀의 집 밖에 나와서는 그저 안면이 있어서 인사하는 정도의 여자를 만났다. 트럭에 과일을 싣고 다니며 장사를 하는 여자였다. 오늘은 1.5톤 트럭에 배가 가득했다. 그녀가 나를 보자 칠 년 가뭄에 단비를 만난 것처럼 환하게 반겼다.

좀 전에 언니가 이리로 들어가는 것을 보았어요. 그래서 기다리고 있었어요.

내 성격으로는 환하게 반기는 그녀에게 다가서지 않을 수 없었다.

내가 언니를 위해서 특별히 좋은 걸로 많이 담아 놓았어요. 좋은 걸로. 많이.

그녀는 좋은 걸로 많이라는 말을 두 번 했다. 그녀가 담아놓은 배는 바구니에 가득했다.

5만 원이에요. 집까지 실어다 드릴게요.

나는 트럭에 실려 있는 배와 그녀가 좋은 걸로 담았다는 배를 힐끗 비교했다. 내 눈에 그저 똑같아 보였다. 배를 5만 원어치나 사서 저장해 놓고 먹을 생각도 없었다.

비도 오고 춥기도 하고.

그녀는 그렇게 말하기도 했다. 그리고 며칠 전에도 했던 말을 내게 또 했다. 올해 들어 두어 번의 큰 태풍이 지나갔기에 과일 값이 천정부지라는 말이었다.

만원에 세 개예요. 남는 것도 없어요.

그녀는 그렇게 말했고 나는 그녀가 담아 놓은 과일 바구니를 보며 빠른 눈대중으로 갯수를 헤아렸다. 배는 열다섯 개에서 한 개가 더 붙어 있었다.

이걸 다 가져가서 언제 먹으라고?

나는 말하며 2만 원을 주고 여섯 개를 샀다. 나는 과일 봉지를 받아 들고 빨리 팔아야 할 텐데, 이 비 그치면 좀 더 쌀쌀해질 거야, 라는 쓸데없는 말을 하며 그녀의 얼굴을 바라보았다. 그녀는 나를 무척 섭섭해 하고 있었다. 사실, 반은 억지로 배를 산 나는 잠시 멍청히 서서 그녀가 무슨 권리로 나를 섭섭해 하는지에 대해 생각했다.

집 앞에선 50대 초반 정도로 보이는 한 여자가 우산을 받쳐들고 서있는 것이 보였다. 한눈에도 그녀는 무슨 좋은 교훈을 주기 위해 찾아다니는 사람 같았다. 그녀는 우리 집 벨도 여러 번 눌러 보았을 거라는 생각이 들었다. 나는 그녀가 그대로 돌아서 가주길 바라는 마음으로 집 앞에서 잠시 주춤주춤 했다. 떨어지는 낙숫물이라도 헤아리는지 그녀는 미동도 없이 그대로 서있었다. 주춤주춤 서있던 나는 대문 앞으로 다가 갔다. 그녀는 내게 상냥한 얼굴로 말을 걸었다.

날씨 쌀쌀하네요.

나는 '예'라고 짧은 대답을 했다. 대문의 키를 열고 집으로 들어오는데 그녀가 또 내게 말을 걸었다.

따뜻한 물 한 잔만 주시겠어요?

나는 그것이 그들의 수법이라고 생각했지만 무슨 이유로든 따뜻한 물 한 잔을 거부할 만큼의 인간 또한 못되었다.

예, 그러지요. 그런데 제가 지금 시간이 없어서 준비하고 곧바로 나가 봐야 해요. 잠깐 들어오세요.

나는 그렇게 말하며 그녀를 달고 집으로 들어왔다.

무슨 진리, 또는 어떤 좋은 말씀이라는 것을 전하려고 온 것이 분명한 여자를 나는 식탁 의자에 앉을 것을 권했다. 그녀는 식탁 의자에 앉았다.

따뜻한 물은 없고 커피를 끓여야겠네요. 커피 드시지요?

나는 그렇게 물었고 그녀는 좋다는 의사를 내게 보냈다. 나는 커피 한 잔을 내려 그녀 앞에 놓았다. 그리고 잠시 그녀 옆에 앉았다. 그녀는 커피 잔을 두 손으로 감싸 쥐었다. 그리고는 열려 있는 방 안 한쪽 벽면에 자그마한 말 그림 액자가 걸려 있는 걸 보고 말했다.

저거 말 그림 맞지요?

나는 그렇다는 대답을 하며 그녀를 바라보았다. 주름진 작
은 얼굴에 두 눈이 컸다. 가까이에서 보니 50대 후반에서 60대
초반 정도로 보였다. 말 그림은 손수건에 인쇄된 병마총의 천
마도였다. 나는 그림의 의미와는 상관없이, 그저 그 그림이 좋
아 액자에 넣어둔 터였다.

말 그림 맞네요. 그런데 말이 생기다 만 것도 같고요.

나는 그녀의 얼굴을 다시 바라보았다. 그녀는 그 그림이 병
마총의 천마도임을 모르지는 않는 듯 보였다. 그녀는 그렇게
대화의 물고를 트고 있는 거였다. 나는 그녀에게 그렇지요, 그
냥 그렇게 생겼지요? 하는 대꾸를 웃음으로 보였다. 그녀는 커
피를 아주 조금씩 홀짝홀짝 마시며 이야기를 이끌었다.

꿈을 많이 꾸시지요?

미안하지만 나는 그녀에 대해 서글프다는 생각을 조금 했
다. 어떤 종교도 가지고 있지 못한 나로서는 그들의 믿음, 소
망, 기타 그들이 자부하는 소명의식까지도 이해하기보다 어떤
형식으로든 쇠뇌가 되어 고생을 하신다, 라는 쪽을 결론하고
있었다.

꿈은 꾸겠지만 자고 나면 다 잊어버려요.

나는 솔직한 말을 했다.

얼굴이 밝아 보여요. 늘 좋은 일이 있을 거예요. 혹시 절에
다니세요?

나는 가끔씩 기회가 닿으면 부처님께 절도 하고 하는데 사
실은 거의 무종교나 다름없이 살아요, 라는 대꾸를 했다.

우리 진리는 불교하고도 달라요.

그녀는 불교하고 다르다는 자신이 믿는 종교의 진리를 말할
참이었다. 나는 그녀가 커피를 마시고 빨리 나가주기를 바라기
시작했다. 그녀는 여전히 커피 잔을 두 손으로 감싸 쥔 채 아주
조금씩 홀짝홀짝 마셨다. 나는 홀짝거리는 그녀를 바라보며 그
녀를 집안에 들인 나를 생각했다. 따뜻한 물 한 잔만 주시겠어
요? 쌀쌀한 날씨에 따뜻한 물 한 잔의 요구를 내가 어찌 거부할
수 있겠는가. 그녀의 속내를 알면서도 거부하지 못하는 성격.
오늘은 시간도 그렇지만 나는 내가 얼마나 더 강하고 냉정해져
야 하는 것인가를 생각했다.

사주팔자는 얼마나 믿으세요?

그녀가 물었고 나는 벽에 걸린 시계를 바라보았다. 외출 준
비를 하려면 지금 머리를 감아야 했다. 하지만 나는 머리 감는
걸 포기했다.

사주팔자를 얼마나 믿으세요?

그녀는 다시 내게 물었다. 너희들의 종교가 그렇게 사람들

의 미혹함을 부추기며 대화를 이끌지. 나는 속으로 생각하며
대꾸했다.

글쎄요. 정해져 있다면 그것 또한 어쩌겠어요. 그저 죄나 짓
지 말고 살면 되겠지요.

나는 조금 서두르는 척했다. 그녀는 요즘 사람들이 각박해
서 문도 열어주지 않는다는 말로 기회를 주지 않는 내게 섭섭
함을 비췄다. 그리고 여자는 그 이유로 요즘 강도들도 많고…
… 라고 말했다. 여자가 그런 말을 해서 나는 그녀를 다시 한
번 바라보았다. 자그마한 체구의 깡마른 여자. 그렇다고 마냥
약하게만 판단한다면 오산일 수도 있을까. 만약 저 여자가 검
도나 태권도가 단급이 되는 이력을 가지고 있고 흉기 또한 소
지하고 있으면서 종교를 핑계한 가택을 침입한 강도라면 어찌
할 것인가? 나는 조금 엉뚱한 상상을 했다. 순간 그녀의 동그
란 눈망울이 내 눈에 들어왔다. 나는 그 눈동자가 양순한 사슴
의 눈동자와 같다고 생각되었다. 하지만 나는 그녀가 빨리 나
가주기를 바라며 그녀가 마시고 있는 커피의 양을 슬쩍 바라보
았다. 커피는 반 잔이나 남아 있었다. 나는 시간 계산을 했다.
전철역까지 10분 잡고 전철을 타고 한 시간. 그리고 걸어서 10
분…….

살면서 바람이 있다면요?

그녀는 비슷한 질문을 다시 했다. 양순한 눈동자만큼이나 눈치가 없는 여자처럼 보였다. 사람이 드는 건 복이 있어서예요. 그런 말도 했다. 앞일이 궁금하지 않으세요? 그런 질문도 했다. 나는 세면실로 가 물을 조금 틀어놓고 나와 공연히 왔다 갔다 하며 벽에 걸린 달력을 들여다 보기도 하고 방바닥에 던져 놓은 카드 명세서를 들척여 보기도 했다.

카드 명세서인가 봐요?

그녀는 또 그렇게 물었다. 시계는 이제 열두 시 반을 가리키고 있었다. 나는 그녀의 뒤로 돌아가 커피가 얼마나 남아 있는지를 다시 한 번 살폈다. 커피는 반에 반 잔 정도가 남아 있어 보였다. 그렇게 한동안의 시간이 흐른 뒤 드디어 그녀가 의자에서 일어나며 말했다. 이제 가봐야겠어요. 커피 정말 잘 마셨어요. 그녀는 진심을 담아서 내게 말했다. 나는 미안해하는 기색을 보이며 그녀를 배웅했다.

그럭저럭 오후 한 시가 되어 가고 있었다. 나는 뛰다시피 전철역으로 가 전차를 탔지만 모임엔 15분쯤 지각을 했다. 한 달에 두 번 격주로 수업이 진행되는 철학동아리 모임이었다. 수업은 오후 두 시에서 다섯 시까지 이어졌고 그 이후로는 저녁 식사를 하든지 술을 마시든지 했다. 루아시스는 무엇을 하는 사람이며 파이드로스는 누구인가. 어느 철학자는 뭐라 했고 또 누구는 뭐라 했다. 서양 고전 철학부터 콩팥을 더듬는 모임이었다. 강의는 보통, 교재로 사용하는 철학책을 썼거나 번역을 한 분을 초빙해 이루어졌다. 나는 공부하는 시간보다 수업을 끝내고 술 한 잔 하는 시간을 더 좋아했다. 왁자한 농담과 그때그때 공부한 철학이라는 것을 섞은 유머들. 오늘도 화기애애한 분위기가 이어졌다. 그러다 나는 마주 앉은 남자와 시시한 말싸움을 잇게 되었다. 원래부터 전공이 철학이었다는 그는 나와 나이가 같았다. 처음 이야기는 고대 그리스의 소년 애인이라는 것을 말했다. 30~40대 남자와 13~18세 정도의 동성과의 사랑 이야기였다. 그리고 그 시절 비일비재 했다는 동성연애에 관한 이야기를 이었다. 그에 대해 누군가는, 특히 남자들은 뭔가 잘못 배우는 건 아니냐? 라는 말을 하며 인간의 심리와 유혹적인 것 등을 이야기하기도 했다. 누군가는 그 시절, 사포의 시들 중 하나를 읊조리기도 했다.

    너의 매혹적인 웃음에
    내 심장은 가슴 속에서 멈추어 버렸다.
    너를 잠깐 바라본 내 목소리는 막혀 버리고,
    내 혀는 굳어 버리고…….

우리는 솔직한 대화를 이어가며 와자하게 웃고 떠들었다. 이어서 이야기의 방향은 죽음에 관한 것으로 이어졌고 안락사의 문제를 이야기하게 되었다. 앞에 앉은 남자는 안락사의 필요성을 말했다. 그와 난 안락사에 따르는 부작용들을 서로 이야기했다. 술도 몇 순배 들어간 터였다. 그리고 나도 안락사를 동의하는 쪽으로 말했다. 옆에 앉은 동료들도 안락사에 대한 말들을 하기 시작했다. 그들은 매스컴 등에서 흔히 거론되고 있는, 사람들의 정서와 도덕성을 지나 종교적인 문제까지를 이야기 하고 있었다. 그와 난 또다시 그 문제를 놓고 여러 가지의 말들을 이었다. 그랬던 그가 어느 시점부터인가 고집을 부리 듯 '법적으로 당장'이란 말을 주장해 대기 시작했다. 그렇게 끝을 냈으면 좋으련만 나는 그에게 그렇게 원하면 지금 당장이라도 안락사가 공인된 벨기에나 네덜란드 같은 곳에 가서 죽으면 된다고 한마디 더 하고 말았다. 그러자 갑자기 분위기가 썰렁해졌다. 그가 정색을 하고 내게 따져들었다.

말을 함부로 하지 마. 그가 말했다. 내 자존심이 발끈했다. 그리고 이때 나는 어떤 반발처럼 목소리에 날을 세우고 있었다.

뭐? 말을 함부로 하지 말라고? 너나 함부로 하지 마.

내가 뭘?

지금 함부로 말 한다는 말을 함부로 하고 있잖아.

벨기에나 네덜란드 가서 죽으라며?

그 말이 그렇게 심각해?

그의 상태를 보니 평소의 주량으로 오늘은 더 많이 취해 보이기도 했다.

날더러 벨기에나 네덜란드 가서 죽으라며?

나이가 같은 둘은 어느 때부터인가 조금씩 반말을 트고 있었다.

안락사 안 해줄까 봐 '당장' 걱정하는 사람이잖아.

벨기에나 네덜란드 가서 죽으라며?

너는 지금 분위기를 망치고 있어. 나는 짐짓 꾸짖듯 말하기도 했다.

무슨 태도가 저래?

그가 말했다.

태도? 지금 너, 나에게 태도라는 단어를 썼니?

나는 다시금 발끈했다. 내가 강하고 독한 사람이 못되니 그도 나를 만만히 보고 주정을 한다는 생각이 들었다. 나는 이제 더 이상의 양보를 할 수가 없었다.

그럼 내가 지금 너에게 어떡해야 하는데?

다시 말하지만 나는 절대로 양보할 수 없었다. 나도 냉정하고 못되고 강하다는 것을 스스로 일깨워보고 싶기도 했다.

벨기에나 네덜란드에 가서 죽으라며?

말 같지 않은 말이 반복되었다. 옆에 앉은 동료들이 분위기를 환기시키려고 노력했다. 그리고 그들 나름대로 다른 이야기를 이끌며 와자하게 웃어주기도 했다.

젊어서는 성에 대한 편견이 그리 심하지 않다는 곳곳을 누비고 살다가 죽을 때가 되면 벨기에나 네덜란드 같은 곳에 가서 죽으면 돼. 누군가는 어린 학생아이들처럼 그렇게 말해 주기도 했다. 아랑곳 하지 않고 그는 계속 내게 따졌다.

벨기에나 네덜란드에 가서 죽으라며?

벨기에나 네덜란드에 가서 죽으라며?

나는 어처구니가 없다는 생각을 하면서 속으로는 무엇이 그가 내게 화를 내게 했는지를 더듬었다. 그의 사정이야 다 알 수 없지만, 내 말과 내 태도는 평소와 같았다는 생각이 들었다.

그래, 뭣 때문에 그렇게 예민한데?

그 말엔 너 뭐가 대단한 인간이냐? 라는 비아냥이 들어 있었다. 나는 그렇게 큰소리로 이기죽거리기도 했다.

그는 핏대를 올리고 있었다.

그럼 내가 너에게 어떡해야 되는데?

나도 그와 동등하게 핏대를 올렸다.

벨기에나 네덜란드에 가서 죽으라며?

대책이 서질 않았다. 그래서 나 갈 거야, 라고 말했다. 그리고 자리에서 일어났다. 일어서면서 진작 일어서지 못한 것을 후회했다. 내가 서둘러 문밖으로 나오자 그는 따라 나와 내 소맷부리를 붙잡았다.

이렇게 가면 어떡해? 말도 다 끝나지 않았는데.

나는 그를 뿌리치며 전철역 쪽으로 향했다.

이렇게 가면 어떡하냐고?

그는 나를 따라오며 말했다. 그리고 전철역 입구 쪽에서 그는 내 팔을 덥석 잡았다. 비는 계속 내렸다. 추적추적. 지나가던 사람들이 그와 나의 실랑이를 바라보았다. 나는 그에게 잡힌 팔을 뿌리쳤다. 쓸데없는 봉변을 당하고 있다는 당혹감과 함께 피곤이 몰려들었다.

말이 다 끝나지 않았잖아.

나는 홈 안으로 들어섰다.

그는 내 뒤통수에 대고 고래고래 소리를 질렀다.

벨기에나 네덜란드에 가서 죽으라며?

벨기에나 네덜란드에 가서 죽으라며?

집으로 돌아오며 나는 내내 그를 떠올리며 분개했다. 그리고 똑같은 말로도 내내 우겨버리는 사람에겐 당할 재간이 없겠다는 생각을 새삼 깨달은 듯 다시 했다. 상종 못 할 사람. 그런 류, 라고 나는 입속으로 중얼거리기도 했다.

내가 우리 집 대문 앞에 섰을 때 집 안엔 불이 켜져 있었다. 나는 집 안으로 들어갔다. 그때 남편이 빈 식탁 의자에 앉아 있는 것이 보였다.

오늘 저녁 모임 있다면서?

나는 물었다.

그게 다음으로 미루어졌어. 그런데 집에 먹을 게 하나도 없네. 밥도 없고.

남편이 정상적으로 퇴근해 들어오면 일곱 시경이 되었다. 격주 모임이 있는 날의 내 귀가 시간은 일정치 않았다. 그때 나는 난데없이 목청을 세우기 시작했다.

내가 밥이야?

내가 밥이냐고?

내가 밥이야?

내가 밥이냐고?

내가 밥이야?

내가 밥이냐고?

목청을 세우면서도, 동아리 모임에서 당한 봉변 같은 봉변을 생각했다. 또다시 새삼 뭔가 하나만은 확실히 배워둔 것 같았다. 그 사람에 비한다면 당신은 지극히 정상적인 사람이야. 그런 생각도 했다. 동시에 집구석에서만 목청을 세우려 든다면 나는 참으로 못난 인간이겠지라는 생각도 했다. 하지만 나는 똑같은 말을 반복해대며 만만한 남편에게나 대책 없이, 미친 듯이, 소리를 질러댔다.

갈비 재는 남자

1

그녀는 남편에게서 늘 비릿한 물비린
내를 맡았다. 그 비릿한 냄새를 그녀는 좋아하지 않았다. 그는
항상 옆에 있었고, 때때로 그녀의 어깨를 감싸 안았다. 그럴 때
마다 그녀는 앵무새처럼 종알거렸다. 어쩜 간지럽도록 노골적
인 말들을 그녀는 잘도 했다.

"아무렇지도 않아. 정말 아무렇지도 않아. 대체 사랑이 뭐
야? 영화에서처럼 눈동자가 꺼질듯 가물거리는 사랑을 나도
한 번 해보며 살고 싶어."

그녀는 정말이지 그 모습들이 눈물겹도록 부러웠고 아마도
자신은 불행한 여자일거라는 생각을 했다. 그녀는 늘 사랑이

뭐냐며 종알거렸고 푸념했고 행복하지 않다고 징징거렸다. 그럴 때마다 그는 그저 한 번씩 웃어보였다. 그의 표정엔 별 감정이 묻어 있지 않았다. 그 말들은 그녀가 하는 일상의 말이었고 이골이 난 듯 반응을 그렇게 보이는 거였다. 가끔씩 그는 이렇게 말했다.

"이것도 사랑이고 행복인거야. 이렇게 함께 있는 것. 덤덤한 듯 함께 할 수 있는 것. 그렇지 못해 불행한 사람들도 얼마든지 많아."

그런 말을 들을 때 그녀는 남편이 말한 이것도 사랑이고 행복이라는 말을 생각하며 고개를 가로저었고 덤덤하다는 것을 생각했다. 덤덤하게 사는 게 행복일까? 생각했고 그렇다면 내가 덤덤하게는 살고 있는 걸까? 의문했다. 그녀는 때마다 자신의 현재가 잘 파악되지 않았다. 과거 또한 마찬가지였다. 남편과 결혼 할 당시의 자신은 불꽃 튀는 어떤 사랑도 마법적인 이끌림도 없었다는 것뿐이었다. 졸리도록 편안했다는 느낌과, 그 편안하다는 것이 그대로 결혼으로 이끌렸다는 좀 싱겁고 억울하다는 기억뿐이었다.

미혼 시절, 그녀는 가끔씩 혼자의 여행을 즐겼다. 남편은 남해 벚꽃놀이 관광버스 안에서 만났다. 우연인 듯 옆자리에 앉은 남자를 본 모습은 그저 키가 크다는 정도였고 그 외 아무런 느낌도 감정도 받지 않았다. 그들은 이런저런 이야기를 나누게 되었다. 각자의 고향을 이야기 했고 그 고향에서 유소년 기에 수학여행을 갔던 여행지들을 말했다. 그들은 비슷한 시기에 비슷한 여행지를 돌았던 이야기들을 서로 말했다. 온양의 현충사와 백제의 왕릉들, 산업시찰이라는 이름으로 남해를 돌던 이야기들, 해운대와 태종대, 여수의 오동도, 경주의 왕릉들과 다보탑, 석가탑 진주의 촉석루 등을 이야기했다. 그녀에겐 그뿐이었다. 그 뒤 남자는 여행을 빌미로 자주 전화를 했다. 그들은 가끔씩 여행지를 동행했다. 그들은 그렇게 만나 결혼을 했다. 하지만 그녀의 감정은 결혼 후에도 늘 그뿐이었고, 다만 남편이 미워서 죽을 만큼 싫은 정도는 아니라는 생각은 들었다. 겨우 견딜만한 사람 그저 무던한 사람. 그녀는 남편을 그렇게 생각했다. 그런 그녀는 때때로 자신의 이 생활쯤은 꼭 지금의 남편이 아니었대도 가능했을 거라는 것과 아무래도 남편이 아닌 다른 이성과의 생활은 지금보다는 색깔이 더 아름다웠을 거라는 생각이 들었다. 아니 오히려 제대로 만났다면 자신은 놀랄 만한 솜씨로 사랑이라는 것을 요리해 낼 수 있었을 거라는 안타까운 생각이 들뿐이었다. 그녀는 남편에게 따지듯 이렇게 말하기도 했다.

"사람의 감정이라는 것이 어디 강제로 되는 것이야? 순진한 내게, 왜 그렇게 자주 전화질을 했냐고요?"

그러면서 그녀는 지금이라도 새로운 사랑과 행복을 찾아 모험이라도 떠나고 싶다고 말했다. 그녀는 그렇게 종알거리며 이혼을 요구하기도 했다. 사실은 마땅한 대책도 확고한 결정도 없는 요구이기도 했다. 그 점들을 그녀의 남편도 잘 알고 있었다. 가끔씩 그는 또 이렇게 말했다.

"당신이 진정으로 원한다면 해줘야지. 하지만 당신이 꼭 어떤 못된 남자를 만나 매일 쥐터지며 살 것 같아서 걱정이야."

그 말을 들으면 그녀의 머릿속엔 여러 종류의 몹쓸 남자들이 떠올랐고 남편과 비교를 하게 되었다. 주위에서 들어온 가지가지의 이야기들이 떠올랐고 TV나 영화에 나오는 비틀어진 사고를 가진 이런저런 남자들이 떠올랐다. 떠오르고 떠올리다 보면 학창시절에 읽었던 김유정의 소설 '소낙비'라는 것도 떠올랐다. 이유야 어쨌든 무능력한 남자가 여유 있는 생활을 꿈꾸며 아내에게 매음을 재촉하는 내용이었다. 나도 그와 비슷한 남자를 만나지 말라는 보장도 없지. 그녀는 그런 생각을 했고 자기의 남편이 지극히 정상적이며 착한 심성을 가진 남자인 것을 새삼 다시 인정을 하게 되었다. 그들은 그렇게 세월을 흘렀다.

2

그녀와 남편은 아침 다섯 시가 되면 가게 문을 열었다. 그들 가게뿐 아니라 근처 가게들이 다 그랬다. 대신 저녁이면 거의 일치감치 문을 닫았다. 아침 장사를 하지 않는 보통의 가게들이 대개 오전 아홉 시 정도를 지나면서 문을 열기 시작하는 것에 비해 무척 이른 시각이었다. 가게는 바로 산 아래에 위치해 있었고, 가게 앞으로 등산로가 이어졌다. 그들은 등산객들을 상대로 간단한 분식과 요깃거리를 팔았다. 그러므로 늘 아침시간이 더 분주했다. 새벽 네 시경이면 벌써 사람들의 발자국 소리가 들려왔다. 등산객들은 삶은 계란이나 김밥, 간단히 포장된 과일들이나 음료 등을 요구했다. 때론 이른 아침부터 라면이나 칼국수를 끓여 줄 것을 요구하는 사람들도 있었다. 빈속으로 가볍게 산에 오르는 사람들이 있는가 하면 빈속을 채우거나 점심 대용으로 간단한 간식거리를 싸들고 등산을 해야 하는 사람들도 있었다. 또 하산 후엔 반드시 뭘 좀 먹고 허기를 달래야 하는 사람들도 있었다.

그들의 가게 안엔 어묵도 커피도 팔았다. 그녀가 김밥을 만들 땐 계란과 어묵이 푹푹 삶아지고 있었고 그녀의 남편은 탁자 위를 행주질하며 수저통을 가지런히 해놓았고 삶아진 계란을 꺼내 찬물에 담가 놓았다. 손님들이 들어오면 컵에 물을 따르고 아내를 도와 라면이나 칼국수를 끓이던지 커피를 탔다. 손님이 김밥을 주문하면 김밥을 썰어주기도 하고 포장을 요구하면 포장도 해주었다. 이십 여 평 남짓한 가게 안엔 몇 개 탁자가 놓인 홀과 주방이 연결되어 있었고 주방 안쪽엔 두 개의 작은 방이 나란히 꾸며져 있었다. 그 공간은 그들 부부가 그들의 두 아이들과 함께 하루를 시작하고 끝맺음 하는 공간이었다. 아침 일곱 시 반 정도가 지나면 초등학생이 된 아들과 딸아이가 잠자리에서 일어났고 분주함 속에서 아이들까지 합세해 좀 더 분주함이 이어졌다.

여덟 시 반쯤 식사를 마친 아이들이 학교에 가면 그녀는 벗어 놓은 옷가지들을 치우고 세탁기를 돌리는 등 집안 청소를 했다. 남편은 가게 일을 보며 식사를 마친 아이들의 그릇을 치우고 아내와 함께 할 아침식사를 준비했다. 그리고 오전 열 시쯤이 되면 그들 부부는 아침식사를 했다. 그쯤이면 가게 안은 한가해졌고 그 후 두어 시간은 공백이라고 해도 좋을 시간의 여유가 생겼다. 간간히 사람들이 들락거렸지만 그래도 그 시간은 늘 한가했다. 그 두어 시간 안에 꼭 들리는 단골 아가씨와 아줌마가 있었다. 단골 아가씨는 아랫동네 골목시장에서 미용실을 경영하는 여자였다. 그녀는 늘 아침 등산을 했고 항상 그들의 가게로 와서 김밥이나 어묵 또는 삶은 계란 등으로 간단하게 늦은 아침식사를 대신했다. 단골 아줌마도 마찬가지였다. 그 시간쯤 산에서 내려와 꼭 들리는 여자였다. 그들은 그 여자를 '사연이 있는' 이라고 불렀다. 비가 몹시 오던 어느 날이었다. 비 때문에 도중에 하산을 했다는 여자가 가게에 들렀을 때 그녀의 모습을 보고 그때부터 붙여진 별명이었다. 그녀는 김밥과 칼국수를 시켜놓고 비가 쏟아지는 창문 밖을 바라보며 홍얼거렸다. 평소의 목소리도 허스키했던 것처럼 그녀는 허스키한 목소리로 홍얼거렸다.

"당신의 웨딩드레스는 정말 아름다웠소."

그들 부부는 머춤하게 서서 여자의 뒷모습을 바라보았다.

"춤추는 웨딩드레스는 더욱 이름다웠소."

그녀의 홍얼거림은 뭔가 가슴을 울리는 애절함과 간절한 그리움이 담겨 있었다.

"우리가 울었던 지난날은 이제와 생각하니 사랑이었소."

"우리가 미워한 지난날도 이제와 생각하니 사랑이었소."

"당신의 웨딩드레스는 눈빛 순결이었소."

그녀의 홍얼거림도 고스란히 비를 맞고 있는 듯 여겨졌다. 그때 그들 부부가 똑같이 느꼈던 건, 그 홍얼거림은 누군가가 그녀를 앞에 두고 그렇게 불러주기를 간절히 바라는 그런 거였다. 그날 그녀가 가게를 나간 뒤 부부는 서로 그렇게 들었던 느낌들을 말했다. 이어서 그녀의 남편은 그 흥얼거림이 공허한 기다림의 소리였다고 말했고, 그녀는 기다림의 소리였지만 거기엔 꿈과 완전한 사랑이 있었다고 말했다. 그 뒤 여자를 '사연 있는' 이라고 불렀고, 그녀는 또 그걸 가지고 한동안을 이야기했다.

"내가 생각해도 내 꼴이 우습다. 별 사랑도 없이 결혼을 한다고 화장을 하고 드레스를 입고 얼마나 웃기는 일이야. 코미디가 따로 없지. 코미디가 따로 없다니까."

하지만 그녀는 손님들에게는 항상 친절했고 상냥했다. 남편에게 이런저런 불평을 하다가도 손님이 다가오면 반색의 얼굴을 하고 총알같이 달려 나갔다. 이것저것을 만져보며 가격을 묻고는 사지 않아도 표정을 구기지 않았다. 손님들이 가게 안으로 들어오면 그들의 표정을 재빠르게 살피고는 그날의 날씨 이야기를 하며 에어컨이나 선풍기의 강약을 잘도 조절했다. 그녀의 남편은 아내가 손님들에게 베푸는 친절과 상냥함의 반만이라도 자신에게 베풀어 주면 좋겠다는 생각은 했지만, 이상하게도 그런 아내의 모습들은, 보는 것만으로 자신도 반은 받고 있는 듯 느껴졌다. 손님들 중엔 가끔씩 음식 맛을 가지고 타박을 하는 사람들이 있었다. 가령 조미료를 너무 많이 사용하지 않았냐는 것과 음식의 양이 적다는 것, 때론 음식이 너무 뜨거워서 입천장을 데었다는 사람들도 있었다. 그런 말을 들을 때도 그녀는 상냥한 얼굴로 총알같이 달려가 사죄를 했다.

"어머! 그러셨어요? 제가 잘한다고 했는데……."

그녀는 모든 상황을 얼버무리듯 마무리를 잘했고 절대로 손님들의 비위를 상하지 않게 했다.

가게는 점심때쯤이면 하산하는 사람들로 다시 바빠졌고 그 시간이 지나면 또다시 한가해졌다. 하나 둘씩 가게에 들리는 사람들은 여전히 이어졌지만 그 시간 역시 한가했다. 그 오후 시간이 되면 그녀의 남편은 조금씩 갈비를 쟀다. 그들은 그 갈비로 일주일에 이삼 일 정도의 저녁시간에 잠깐의 술손님도 받았다. 그녀의 남편은 시내로 나가 좀 더 넓은 가게를 갖고 갈빗집을 여는 게 꿈이었다. 그는 결혼하면서 두툼한 일기장을 하나 가지고 왔다. 그리고 그녀에게 말했다.

"이 안엔 내 구구절절한 이력이 다 담겨 있어. 난 어쩜 미친 놈처럼 방황도 많았지."

지방 산골의 한 오지에서 도회로 나온 그녀의 남편은 군대 생활을 뺀 후 결혼 당시까지 정말이지 분주했다.

"나는 이상했어. 비록 별 볼 일 없이 헤매긴 했지만, 어떤 직

장도 나와는 인연이 닿아 있지 않은 듯 했고 당연한 듯 적응력
도 없었어. 그저 하루하루가 나와는 상관없는 세상을 보내는
듯 했지."

 그래서인지 그의 일기 중 대부분은 그날, 그날의 행적은 없
었고 인생이 어떠하니 팔자가 어떠하니 나는 운명론자가 되어
버렸다든지 운명이라는 것은 이미 정해져 있는 듯 요지부동으
로 버팅기고 있는지도 모르겠다는 등등의 말들과, 아마도 자신
은 인내력이 부족한 인간일 거라는 등의 자책하는 글들로 도배
가 되어 있었다. 사는 게 무엇인지 웃기고 맹랑하다는 이야기
와 무엇이 나를 잡고 약을 올리며 이방인으로 내몰고 있는 듯
하다는 요상한 말들도 쓰여 있었다. 수도 없이 그어진 화살표
사이에는 그가 옮겨 다닌 직장들을 표시해 놓았고 그 화살표
사이사이엔 살과 뼈가 타들어간 고독하고 외로운 세월일 뿐이
었다는 말들도 쓰여 있었다. 처음에는 그래도 무슨 증권회사라
든지 하는 이름이 적혀있었다. 그 후 어느 시점부터는 무슨 보
일러 회사의 견습공으로부터 도자기 굽는 회사의 이름 또는 어
느 부동산 업자의 운전수가 되었다는 것과 탄광의 광부가 되었
다는 것 등등 아주 촘촘히 적혀 있었다. 그곳엔 갈빗집 주방 보
조일도 적혀 있었다. 신혼 초에 그녀는 남편의 일기장을 꼼꼼
히 살펴 본적이 있었다. 하지만 그녀는 그때나 지금이나 남편

의 처지를 동정하지는 않았다. 왠지 그저 그렇게 방황만 일삼아온 남자가 자신과 결혼을 했고 건강한 자식들을 두었으며 이것으로나마 안정을 찾았다는 것이 남편에게는 대단한 행운이며 자신에게 별 볼 일 없는 남자에게로 짝이 되어 떨어진 것 같아 여전히 억울하고 분하기만 했다.

3

그녀의 남편은, 일곱 명 정도의 주방 아줌마를 두고 상냥한 미소를 지은 단정한 차림의 아가씨들이 홀 안을 왔다 갔다 하며 손님들에게 서빙을 하는 모습들을 자주 그렸다. 그리고 사장님인 자신은 카운터에 앉아 북적이는 손님들의 모습과 여종업원들의 표정을 주시해 보는 게 꿈이었다. 그런 그는 어느 카페나 갈빗집 또는 단순한 커피숍만 들려도 그 가게의 간판 이름부터 식탁과 의자 벽면을 장식한 액자나 조명상태 등은 물론이고 종업원들의 의복과 접대예의까지를 살펴보는 버릇이 있었다. 저 정도면 모두 A급이야. 저 정도라면 그래도 B급은 줘야 하겠지. 저 정도면 곤란해, 의복상태는 A급인데 말이야. 그는 늘 속으로 종업원들의 점수를 계산했다. 아무튼, 그렇게 해서 결론적으로 그가 내걸 갈빗집의 간판은 비교적 좀 점잖아 보이는 일송정 한송정 하는 정자 돌림의 이름이었고, 식당 내부는 황토벽으로 할 것과 벽면엔 대원군의 난초 그림을 장식할 것 등이었다. 고가구의 느낌이 드는 식탁과 의자들을 배치해 놓을 것이고 창문은 전통 살문으로 장식 할 것이었다. 또한 조명등의 생김새와 손님들이 편히 식사를 할 수 있는 적당한 조도의 높이를 생각해두었다. 서빙을 하는 여종업원들의 의복은 흰색 옷깃이 달린 하늘색 원피스에 흰색 커버 양말을 신게 하는 거였다. 주방 아줌마들은 당연히 모두 조리사의 복장을 하도록 하는 것이었다.

아침마다 종업원들을 모아 놓고 친절교육을 시켜야겠지. 특히 음식 장사는 더욱 친절해야 합니다. 무조건 상냥하고 청결한 미소로 손님들을 대하세요. 상냥하고 청결한 미소는 음식의 맛까지도 향상시켜줍니다. 또한 기분 좋은 식사를 대접해 드리는 것이 우리의 의무입니다. 이상의 뒷일은 제가 다 처리합니다.

그는 친절 교육을 시킬 내용들을 생각했고 한 달에 한 번쯤은 그 달에 가장 멋지게 친절했던 사원에게는 자그마한 성의표시라도 해 줄 것을 계획해 두었다. 그는 자신의 가게를 최고의 맛과 최고로 청결한, 최고의 서비스가 있는 가게로 만들 계획을 세웠고 점점 더 성장해 나가게 될 것을 꿈꾸고 있었다. 또 아내에게는 따로 집을 갖도록 하여 아이들만을 돌보게 하는 것이 소원이었다. 그는 아내가 시간의 여유를 갖고 몸치장에도 신경을 쓰며 백화점의 문화센터 같은 곳에 나가 꽃꽂이며 서예 등을 배우게 하고 싶었다. 마음이 내키면 언제 어디든 해외 나들이도 할 수 있는 여유로운 삶을 꿈꾸었다. 사실 가까운 만리장성이나 오사카 성 정도도 방문을 해보지 못한 그는 멀리 태평양을 누비며 여기저기를 방문해 보고 싶다는 말을 자주했다.

"금문교 아래의 물살을 느끼며 알카트라츠 형무소를 바라볼 것이야. 나폴리와 시칠리아 섬을 꼭 방문해 봐야지. 안데스 산 아래에서 잉카의 후예들과 사진을 찍을 것이야. 물론 실크로드도 걸어보고 이집트의 피라미드와 로마의 원형극장도 보아야지."

4

그는 그때 갈빗집의 주방 보조일로 배운 솜씨에 그 이상의 독특함을 개발하려는 의지를 갖고 매일 조금씩 갈비를 쟀다. 어느 때는 다시마 국물에 매실액과 식초를 조금 넣어보기도 했고 간장의 종류도 이것저것 바꿔 써보기도 했다. 후추라든가 설탕 마늘 양파의 용량도 조절해 보았다. 잘 재어 둔 갈비를 시간을 재어가며 냉장고 또는 냉동고에 넣었다가 꺼내 맛과 육질의 상태를 살펴보기도 했다. 손님들 중엔 갈비 맛을 칭찬해 주는 사람도 있었다. 그러면 그는 반가운 기색으로 다가가 요것 조것을 물었다. 육질의 상태를 물었고, 좀 더 완전한 맛을 내려면 어느 부분이 미흡한 듯 하냐고 묻기도 했고 또 지금까지 먹어 본 갈비 맛 중 기억에 있는 가장 맛이 좋았던 갈빗집은 어디이며 그 집의 독특함은 어디에 있는 가도 물었다.

그는 가끔 그 갈비 맛을 보러 집을 나서기도 했다. 사실 주 2~3회 잠깐의 저녁시간에 받는 가게의 술손님들이야 하나 둘 탁자를 채울 정도였지만 그는 그렇게 조금씩이나마 갈비를 쟀다. 하나 둘 탁자를 채우는 손님들 중에는 또 한 사람의 단골 여자가 있었다. 그 단골 여자는 늦은 아침 매일같이 들러 미용실 아가씨가 사는 아랫동네 시장골목의 무당할미였다. 무당할미는 부부가 자기들끼리 부르는 이름이었고, 그 할머니가 오면 그녀와 그녀의 남편은 깍듯이 보살님이라고 불렀다. 그녀는 늘 소주 한 병과 일인분의 갈비를 먹고 갔다. 그리고 종종 말했다.

"우리 할아버지가 이걸 좋아하셔."

그녀가 말하는 할아버지는, 오래전 고인이 되었다는 그녀의 조상으로, 그녀의 집 안에 영적인 존재로서 모셔놓았다는 할아버지였다. 보살은 소주를 마시고 갈빗살을 씹으며 가끔씩 이렇게 말했다.

"지금도 우리 할아버지가 말씀하시네. 두고 보래. 이 집은 무척 잘 살게 될 거래. 또 저렇게 손이 두툼한 여자는 반드시 돈이 많아. 동글동글하고 살점이 많은 저 얼굴엔 복이 붙었어. 지금은 이래도 아주 잘 살게 될 거야."

그러면 그때마다 그녀는 말했다.

"손이 두툼한 건 다 물통 안에서 손이 불어 만들어 진 거라고요."

그러면서 그녀는 또 뭔가가 억울하다는 듯 처복이 많은 자기 남편을 흘기듯 쳐다 보았다. 그녀는 보살이 그런 말을 할 때마다 전부가 다 자신의 복으로 지금의 이 처지나마 되었고 앞으로도 잘 살게 될 거라고 믿었다. 또 그때마다 자신의 코가 한 자씩 더 자라고 있다는 것을 느끼고 있었다. 보살이 문밖으로 사라지면 그녀는 또다시 앵무새처럼 종알거렸다. 그녀는 다시 한 번 사랑타령과 푸념과 행복하지 않다고 징징거렸다.

누군들 꿈 많은 아가씨 때는 설거지통에 온종일 손을 담고 세월을 보내리라 생각인들 해보았겠는가? 그녀도 공주마님을 꿈꾸었다. 아니 공주의 신분은 애초에 임금의 여식으로 태어났어야 하는 거니까, 그냥 확실한 신분상승 같은 것을 꿈꾸었다. 자신도 요정의 도움을 받아 무도회에 참가해 왕자님을 만나고 유리구두 한 짝을 흘리고 돌아와 왕자와 결혼하는 신데렐라처럼, 어느 날 갑자기 무슨 이유로든 왕자님과 같은 남자가 자신에게 달려와 줄 것을 꿈꾸었다. 사실 지방의 한 소읍에서 카센터를 운영하고 있는 집안의 둘째 딸로 태어난 그녀는 자신의 신분을 평범함 그 이상 놓지는 않았다. 생김새로 봐도 자신을 그저 평범하고 자그마한 여자일 뿐이라고 생각했다. 그랬으므로 그녀는 그때마다 자기 자신에게 코웃음을 쳐대기도 했다. 하지만 그렇다고 신데렐라처럼 못될 것도 없었다. 신데렐라가 된 그녀는 레이스가 달린 가뿐한 긴 치맛자락을 찰랑거리며 황금 잉어가 노니는 연못가를 지나 넓은 정원을 거닐었다. 그녀는 억울했다. 남편이 세운 소박한 꿈도 그것을 이루기 위한 투자의 시간과 노력이 너무도 긴 세월이었고 그녀는 늘 허탈했다. 그녀의 남편은 매일 그녀에게 조금만 더 기다리라고 말했다.

"조금만 더 기다려. 내가 꼭 신데렐라로 만들어 줄게."

그러면 그녀는 또 한 번 종알거렸다.

"좋은 시절을 다 보내고 언제? 이렇게 하루하루가 퇴색된 나를 누가 신데렐라로 만들어 준다 해도 지금으로선 그 어떤 흥내라도 낼 수 있을지 의문이야."

5

그들은 그렇게 하루를 보내고 일 년을 보내고 삼 년을 보내
고 십 년을 보내고 도합 이십여 년의 세월을 보냈다. 어느덧 그
녀의 남편은 오랜 숙원이었던 꿈에 다가가고 있었다. 그동안
착실히 모아둔 통장도 비대해졌지만 인근의 개발 붐 덕에 그
들의 가게 딸린 방 두 칸짜리 집값도 꽤나 올라 있었다. 그녀의
남편은 '축복! 축복이야'라는 말을 자주했고 아침엔 좀 더 일찍
일어나 가게 문을 열어놓고 가게 앞에서 커다랗게 기지개를 켜
대고는 휘파람을 섞은 콧노래를 부르며 팔굽혀펴기를 해대기
도 했다. 전에 없던 일이었다. 손님이 여러 개의 계란을 주문
하면 덤이라며 두세 개씩 더 얹어 주기도 했다. 그것 또한 전에
없던 일이었다. 그리고 그는 아주 오랜만에 고향 동창회에도
나갔다. 그곳에서 무슨 문제인가로 목청을 높였으므로 동기 회
장이라는 직함도 받아냈다.

그는 이제 시내의 몫 좋은 곳에 큰 가게를 하나 얻게 되었고
곧 오픈을 하게 되었다. 그는 그녀에게 집에서 아이들만 돌보

라고 했다. 그동안 고생이 많았다며 아내에게 두툼하고 큼직한 알반지를 선물하기도 했다. 그는 아내에게 백화점 문화센터 같은 곳에도 나가 친구들을 사귀라고 말했다.

"좀 더 교양을 가지고 있는 듯 보이는 여자들이 있잖아. 당신도 그녀들과 어울려 다니며 좋은 곳에 가서 클래식 음악도 즐겨보고 발레나 뮤지컬 같은 것들도 보러 다니고 해. 나도 내 가게엔 골동품이나 수석 등을 진열해 놓을 거야. 그리고 이젠 나름 취미생활도 해볼 거야."

6

그는 시내의 갈빗집 오픈을 며칠 앞두고 분식점의 문을 닫았다. 어느덧 쑥쑥 자란 아들딸과 아내와 함께 자축연을 열기로 했다. 그들은 오전 일찍부터 서둘렀다. 그는 시내에 있는 큰 호텔에 들러 최고급 음식을 먹고 여유로운 쇼핑을 좀 해볼까 했지만 아내의 반대로 우선은 그냥 시외로 나갔다.

"아직은 우리가 뭐, 대단히 큰 부자도 아니잖아?"

그날 그녀는 남편에게 '경거망동'이라는 말을 쓰며 주위를 주듯 불평했다.

시절은 막 꽃망울이 움트는 이른 봄이었다. 조금은 쌀쌀한 날씨였지만 자연은 마음껏 기지개를 늘어놓고 있었다. 그는 우선 대자연의 산천을 바라보며 케이크를 자르고 샴페인을 터트리기로 했다.

며칠 전 그는 승용차도 새로 구입했다. 식료품을 싣고 나르며 십수 년을 끌고 다니던 소형 화물차는 폐차가 되었다. 그 차로는 부인과 아이들을 태우고 나들이 한 번 제대로 해보기도 힘들었다. 그는 들판을 가로지르며 이게 얼마만이야?를 연이어 말했다. 아이들이 아주 어릴 때는 가끔 꽃박람회다, 연극이다, 무슨 전시회다, 하는 곳들을 돌아다닌 적이 있었지만, 유치원과 초등학교에 입학하고부터는 아빠의 소형화물차 타기를 거부했다. 이럭저럭 그들은 오랜만에 모여 외출을 하게 된 셈이었다.

그들은 적당히 경치가 좋은 들판에다 차를 세우고 야외용 탁자를 펼쳐놓고는 케이크와 샴페인 등을 진열해 놓았다. 그 자리에서 그는 아들과 딸 앞에 흡족한 얼굴로 서서, 그동안 아내와 자신의 노력으로 어느 만큼의 자본의 상승을 이루었는가를 말했다. 그리고 무엇이든 꿈을 품고 그 꿈을 향해 성실하게 살아간다면 언젠가는 목표에 다가갈 수 있다는 교훈담은 말도 했다.

그날 그는 조금은 빗나간 분위기로 자기 이야기도 좀 했다. 결혼 초부터 지금까지 도합 이십 수년을 비좁은 공간에서 세월을 보낼 수 있었던 것은 젊은 시절 한때의 고생이 자기의 발목을 잡아주었기 때문이라는 그런 이야기였다.

"내 나이 오십."

그는 자기 나이를 말하며 아직은 크게 성공했다고는 할 수 없어도 이정도 나이에 이쯤이면 조금은 성공한 축에 넣어줘도 될 것 같다는 말도 했다. 그녀와 그녀의 아들과 딸은 두 귀를 세우고 열심히 들어 주었고 힘차게 박수를 쳐주기도 했다. 그는 그곳 어디인가의 가게에서 순전히 아내를 위해, 남자가 한두 잔만 마셔도 요강을 뒤엎는다는 '진짜'라고 쓰여 있는 복분자 술도 두어 병 사들었다. 그리고 그들은 다시 그들이 살고 있는 동네로 차를 몰고 들어와 횟집이며 노래방을 돌아다녔다.

그녀의 남편은 식사를 할 때 유독 정수리 부분에서 땀이 많이 솟는 사람이었다. 그녀는 그 점 역시 남편이 못마땅했다. 그들은 회를 먹고 매운탕을 주문하여 좀 이른 저녁식사를 했다. 당연한 듯 매운탕의 맵고 뜨거운 국물을 먹을 때 그의 정수리에서는 땀방울이 솟아 나왔고 그는 목덜미와 이마 쪽으로 흐르는 땀을 연실 닦아내야 했다. 그날도 그녀의 남편은 그녀가 시장에서 아무렇게나 사줘 보푸라기가 보풀보풀 일어난 싸구려

티셔츠를 입고 있었다. 그런 행색의 그는 그녀에게 접시에 담긴 요것조것을 자꾸 집어 주며 말했다.

"당신에게는 정말 좋은 남편이 되고 싶었는데, 내 환경이 그렇지 못해서 늘 아쉬웠어."

그녀는 남편의 모습을 쓸쓸히 바라보았다. 속일 수 없는 세월의 흔적은 남편의 눈가에도 골이 패이고 탱탱하던 두 볼은 탄력을 잃고 조금씩 아래쪽으로 쳐져 내리고 있었다. 또 셔츠에 쌓인 윗몸이 처연하도록 앙상해 보였다. 그녀는 남편의 행색을 바라보며 아내와 아이들을 위해 일벌처럼 살아와 진기가 다 빠진 모습이 되었다는 생각을 했다. 거기다가 늘 징징거리는 자신을 견뎌 온 남편의 삶이 그려졌다.

그녀의 남편이 즐겨 부르는 노래는 사랑과 평화의 노래 '울고 싶어라'였다. 그날 노래방에서 그녀의 남편은 또 목을 옆으로 기웃이 늘어뜨리고 그 노래의 후렴구를 반복해 불렀다.

"떠나 보면 알 거야 아마 알 거야."

"떠나 보면 알 거야 아마 알 거야."

그것 또한 그녀가 못마땅해 하던 모습이었다. 그녀는 또 한번 쓸쓸한 눈으로 남편을 바라보았다. 젊은 시절 한때의 고생이 자기의 발목을 잡아주었다는 남편의 말을 생각하며, 그렇게 발목이 잡힌 것을 약점으로 잡아채 기세등등하게 떠들었던 지난날들을 생각했다. 착하고 선량하다는 것이 한 수 더 거들었다는 것에 대해서도 생각했다. 그녀는 모처럼 자신이 가진 용량과 인간성에 대해 생각했고 부끄러움을 느꼈다.

그날 그녀는 좀 감상적인 여자가 되어 있었다. 감상적인 여자가 된 그녀는 결혼 후 이십 수년이 지나도록 남편에게 보약한번 제대로 해 준 일이 없었음을 새삼 생각했다. 그녀는, 아! 내가 왜 이제야 철이 드는 것일까? 하는 자책을 하기도 했다. 그날 그녀는 남편에게 향한 강한 친밀감 같은 것을 느끼기도 했다. 그것은 세월과 함께 결속되어진 아주 확실한 것이었다.

다음 날 오전 열 시경, 그녀의 남편은 아내가 아이들과 함께 생활할 곳을 계약한다며 집을 나섰다.

그렇게 그녀의 남편은 집을 나섰고 그녀는 곧 한 통의 전화를 받았다. 그리고 그날 오전 열한 시경 그녀는 병원 영안실에서 뻣뻣한 시체로 변한 남편을 보았다. 교통사고였다. 피해자임을 주장하던 남자는, 사거리에서 그녀의 남편이 신호등을 무시하고 무작정 달려 나왔다고 했다. 무슨 생각을 하고 있었는지 꽤나 들떠있는 모습으로 빙긋이 웃고 있는 듯 보이기도 했다는 말도 했다.

영수 이야기

내 친구 영수가 음독자살을 했다. 나는 영안실에 안치된 영수의 시신을 확인한 후 곧바로 그가 묵었다는 장소로 갔다. 두어 평 남짓한 변두리 여관방이었다. 거울이 붙어 있는 서랍장과 TV 한 대가 놓여 있는 방안은 깨끗이 치워져 있었다. 빈방 안에서 잠시 서성거렸다. 그리고 경찰에게서 영수가 남긴 유품을 넘겨받았다. 보통 여행객들의 물건 정도였다. 속옷가지 두어 벌과 세면도구 전기면도기가 하나 있었고 바지와 재킷이 각각 두 벌씩이었다. 다이어리가 달린 검정색 수첩 안에는 여권과 3개월짜리 한국 방문비자, LA행 비행기표, 현금 20만 원이 들어 있었다. 여관 주인은 기척이 없어 들어와 보니 '그가 죽어있었다'고 말했다.

영수의 시신은 고향 친구 몇 명을 모아 화장을 한 후 바다에

뿌렸다. 영수가 그렇게 해달라고 한 적은 없지만 양지바른 산이나 계곡보다는 그게 영수다운 것이라고 함께 합의를 보았다. 고향 어느 곳에도 영수의 연고는 없었다. 아주 어렸을 때 집을 나갔다는 영수 어머니 또한 찾을 길이 없었다. 연고가 없기는 영수가 십수 년을 보낸 LA쪽에서도 마찬가지였다는 경찰의 설명을 들었다. 영수는 아무런 흔적을 남기지 않고 홀몸으로 떠났다가 홀몸으로 돌아와 그렇게 죽었다. 따지고 보면 그는 내 고향에서도 그저 어딘가에서 흘러 들어와 두어 해를 머물다간 객과 같은 경우였다. 영수의 아버지는 외지에서 들어와 고향 읍내 장터에다 포목점을 열었다. 그때가 고등학교 1학년 여름방학이 되기 직전이었고 영수는 나와 같은 반으로 전학을 왔었다. 그 후 한 해가 지난 겨울 맹추위가 기세를 떨던 어느 날 영수의 아버지는 길바닥에서 얼어 죽은 시체로 발견되었다.

영수는 보통 급우들보다 두세 살 나이가 많았다. 나이에 걸맞게 덩치도 크고 타고난 듯 키도 많이 컸다. 당연한 것처럼 영수는 형 노릇을 했다. 지금도 한 장면이 생생히 떠오른다. 영수가 전학을 온지 얼마 되지 않아서였고 상대는 우리 반 반장 친구였다. 그가 영수에게 명령 비슷한 말상대를 했다고 해서 취한 행동이었다. 나는 교탁 위에서 반장이 연거푸 두 번 하고도 반 바퀴를 더 공중제비 하다가 나뒹굴어지는 모습을 보았다.

돌고 있는 건 반장뿐이었다. 영수는 독사 같은 작은 두 눈을 한 껏 부릅뜬 채 그 모습을 지켜보고 있었다. 영수의 두 눈은 유난히도 작았는데 그 눈엔 늘 살기와도 비슷한 날카로운 빛을 내뿜고 있었다. 영수만큼 큰 덩치와 큰 키를 가지고 있지는 않았지만 내가 또래 친구들보다 좀 더 키와 덩치가 컸던 것은 불운이었다. 영수는 나를 늘 자기 옆에 있도록 했다. 나는 영수가 학교를 떠나기 전까지 그의 옆자리를 지켜야 하는 하수인 노릇을 해야만 했다. 그랬던 나는 변두리의 3류급 대학에 진학하기 위해서도 2년의 재수를 거쳐야 했다. 나는 공부라는 것에 아주 거리가 먼 영수 옆에서 모든 걸 다 똑같이 행동을 해야만 했다. 초등학교 5학년 때부터 담배를 피웠다는 영수 옆에서 나는 담배를 피우기 시작했고 외설과 욕설을 일삼았으며 고교생 신분으로 시내의 여자와 일곱 번의 잠자리를 했다. 그러는 동안 학교에서는 세 번의 정학처분을 받았다. 그 후 영수는 고등학교 3학년이 되던 봄 고향에서 자취를 감추었다. 그때 학교 인근에 꼬리어미라고 불렸던 삼십대 초반의 젊은 과부가 어린 딸과 함께 살고 있었다. 딸애는 세 살 정도였고, 아이는 사람들에게 입버릇처럼 '저는 커서 미스코리아가 될 거예요'라고 한다고 해서 그녀를 미스코리아 어미로 불렀다가 나중엔 간단히 꼬리어미라고 불렀다. 나는 이미 처음부터 그녀와 영수와의 관계를 알고 있었다. 그리고 나는 대낮에도 몇 번인가 그녀가 살고 있는 집 앞에서 망을 보는 보초를 서기도 했었다. 몇 개월이 지난 후 영수와 그녀의 소문이 나돌기 시작했다. 그렇고 그런 사이가 되었다는 소문이었다. 소문은 점점 더 무성해졌고 영수는 자취를 감추었다. 사람들은 이구동성으로 말했다. '나이가 동급생들 보다 두세 살이 많다 해도 어린놈이 싹수가 노랬지'라며 영수를 질타하는 사람들도 있었고 그녀를 두고 '애까지 딸린 과부년이 어린 학생을 꾀어 놀아났다'며 울분하는 사람들도 있었다. 꼬리어미도 그 일이 있고 얼마 되지 않아 다른 마을로 개가를 했다.

영수는 그 후 십여 년이 지난 삼년 전 고향 주소로 해서 내게 엽서 한 장을 띄웠다. 그리고는 몇 번인가의 전화통화가 이루어졌다. 영수는 LA 어디에선가 부동산 매매업을 하고 있다고 말했다. 영수는 자기가 살고 있는 곳에 놀러 오라는 말을 몇 번했다. 나는 영수의 초대에 응했고 그와 사박 오일을 함께 보내게 되었다. 그러나 나는 영수가 살고 있다는 LA의 그의 집에도, 그가 운영하고 있다는 부동산 사무실이라는 곳에도 가보지는 못했다. 공항에서 나는 곧바로 라스베이거스로 가야했다. 나는 그때 그의 덕에 사박 오일 간을 라스베이거스의 한 카지노 업체로부터 VIP대접을 받았다. 나는 그렇게 살고 있던 영수가 어쩌다가 그런 초췌한 모습으로 서울에 들어오게 되었는지는 묻지 않았다. 묻지 않아도 절로 알 수 있는 문제였다. 나는 그가 상당히 불운을 겪고 있다는 짐작을 했다. 하지만 영수가 그처럼 빠르게 세상을 등져버릴 줄은 몰랐다. 그리고 나는 그가 한국에 머무는 십여 일 동안 딱 한 번 만나 저녁식사를 함께 했을 뿐이었다. 바로 삼일 전의 일이었고 영수는 오던 날로 서울에서 하루를 보내고 강원도의 카지노에서 일주일을 보냈다고 말했다.

"카지노에 왠 금연딱지가 그렇게 닥지닥지 붙어있니?"

영수는 그런 불평을 늘어놓기도 했다. 영수는 정말이지 그답지 않게 안절부절 못하고 있는 모습을 보여주었다. 그리고 단 하루가 지난 후 나는 경찰에게서 연락을 받았다. 경찰에선 그의 수첩에 전화번호 한 개가 달랑 적혀 있었는데 그것이 내 것이라고 했다. 그의 사인은 앞서 말한 대로 음독자살이었는데 어디서 구했는지 모르나 그라목손이라는 것으로 농촌에서 제초제로 쓰이는 독극물이라고 했다.

나는 영수의 장례를 치르며 내내 마음이 편치 않았다. 그건 내가 좀 더 세심했고 어느 정도의 도움을 줄 수 있었다면 그토록 허무한 죽음을 선택하지는 않았을지도 모른다는 생각 때문이었다.

나는 장례를 치르며 친구들에게 '보통사람들에게는 꿈도 못 꾸어볼'을 여러 번 강조하며 그에게는 화려했던 한 시절이 있었음을 이야기했다.

"누가 뭐래도 영수는 굵직하게 살다 간 놈이라고."

사실 그렇게 말하는 나도 그의 한 시절이 무엇이 그렇게도 자랑스러웠는지 또 무엇이 그렇게도 굵직한 삶이었는지는 잘 계산이 되지 않았다. 하지만 나는 그래도 그것만이 죽은 영수의 자존심을 세워 줄 수 있는 어떤 배려 같이 느껴졌다. 촌스럽게도 나는 영수와 식사 때 먹었던 음식 이야기도 여러 번 했고 영수 덕에 라스베이거스 카지노의 VIP전용 비행기를 타고 그랜드캐년의 상공을 돌던 이야기도 여러 번 했다.

"나는 사박 오일을 상어지느러미 수프를 곁들인 식사를 했어. 그뿐만 아니라 식사 때마다 빨간색이 도는 와인을 마셨다고. 그 상어지느러미 수프라는 것이 얼마짜리인줄 알아? 우리 돈으로 계산하면 웬만한 송아지 한 마리 값이 된대. 또 그 빨간색 와인은 한 병에 900불이나 한다고 했어."

그때마다 영수의 모습들이 하나 둘 내 머리에 스치듯 지나갔고 식사를 하며 그와 나눈 이야기들이 떠올랐다. 영수는 정말이지 식사를 고급스럽게 했다. 그래서 나는 같은 질문을 재차 하기도 했다.

"네가 이곳에서 VIP가 된지 얼마나 되었다고 했지?"

잘 기억나지는 않지만 그 모습이 원래의 영수 모습은 아니었다는 생각이 들어서였다. 영수는 한마디로 부자처럼 아니 귀족처럼 품위 있는 자세로 앉아 천천히 식사를 했다. 성인병과 채식에 대한 대화도 좀 있었다. 영수가 서양의 채식 장려는 '고기 한 접시에 야채 한 접시'라는 이야기를 했고 어디서 들었는지 영수의 분위기로는 맞지 않는 듯한, 이미 2,000년 전에 맹자가 했다는 말까지 끌어내기도 했다.

"맹자도 그랬다지. 왕도정치를 하려면 70대에도 육식을 해줘야 한다고 말이야. 그건 뭐니 뭐니 해도 고기를 먹어줘야 기력을 찾을 수 있게 된다는 말이지."

와인을 마실 때 나는 언젠가 책에서 본 바와 같이 잔 아랫부분을 잡고 와인의 색깔을 보고 향을 맡고 한 모금 물고는 혀를 굴리면서 마셨다. 영수는 그런 나를 바라보며 말했다.

"격식은 없애고 지금 나처럼 마셔."

영수는 그냥 맛과 향만을 즐기는 것처럼 마셨다.

"누가 와인을 따라 주었을 때 색을 살펴보고 향을 맡고 너처럼 맛을 살펴보듯 혀를 굴린다면 그 와인이 좋은 것이지 나쁜 것인지를 따지는 셈이 될 것이니깐."

나는 마치 와인을 감정사처럼 마셨나 보았다. 머쓱해진 나

는

　"아하 내가 그랬나?"

라는 대꾸를 했었다.

　내가 LA공항에 도착했을 때 태양은 오후 세시쯤에 있었다. 나는 입국장에서 50대의 뚱뚱한 백인 남자가 한글로 내 이름 석 자를 쓴 8절 크기의 셀로판을 들고 서있는 것을 보았다. 나는 그에게로 다가가 아는 척을 했고 그의 요구에 따라 여권과 비자 신분증을 내보였다. 그는 내가 내민 것을 꼼꼼히 살펴본 후 영수와 핸드폰을 연결해주었다. 영수는 내게 '공항에 직접 나가지 못해 무척 미안하다며 바로 그 백인 남자를 믿고 따르라'고 말했다. 나는 영수가 말한 대로 백인 남자를 따라 공항 밖으로 나갔고 대기해 있던 리무진을 타고 곧바로 라스베이거스로 향했다. 그날 LA공항에서 라스베이거스까지의 도로는 막힘없이 순조로웠던 편으로 네 시간 남짓 걸렸던 것으로 기억한다. 그렇게 해서 나는 영수를 십수 년 만에 라스베이거스의 한 호텔 로비에서 만났다. 독사의 눈빛은 여전했지만 영수의 신수는 무척 좋아 보였다. 그는 나를 보자 무척이나 반가운 모습으로 다가와 포옹과 악수를 했다. 영수의 손은 무척이나 부드러웠다.

　"넌 무슨 일이 순조롭게 잘 풀렸던 것 같다."

그러자 영수는 여유 있는 미소를 지으며 내게 말했다.

"너는 그때 그 모습 그대로다."

나는 그때 내 모습 그대로에 대해 잠깐 생각했고 고개를 끄덕였다. 공항에서 나를 안내하던 백인 남자는 그 뒤로도 계속해 나와 영수를 따라다니며 시중을 들었다. 영수의 지시대로 내 여행 가방은 호텔 방 안으로 옮겨졌고 나는 영수와 함께 저녁식사를 했다. 그때부터 나는 식사 때마다 여러 사람들에게 특별한 눈길을 받으며 상어지느러미 수프를 곁들인 식사와 빨간색이 도는 와인을 마셨다. 영수는 그 두 가지를 전문으로 즐기는 것 같았다. 나는 영수의 접대에 그냥 따르기만 했다.

영수와 나는 마주할 때마다 이런 저런 이야기를 나누었다. 영수는 벌써 결혼과 이혼의 경력이 있었고 이혼 후엔 잠시 또 다른 여자와 동거가 있었다고 말했다. 그러고도 현재 20대 중반의 한 백인 여자를 사귀고 있다고 했다. 나는 이제 30초반을 지나고 있는 영수의 나이를 생각했다. 나는 내 나이도 생각했다. 결혼은커녕 연애조차 제대로 해보지도 못한 나는 영수의 말을 들으며 그는 단지 두세 살 많은 형뻘이 아니라 인생이라는 것을 나 보다는 30년쯤은 앞서 살고 있는 것 같다는 생각을 했다. 나는 영수가 떠올리며 묻는 대로 몇몇 친구들을 말했다. 그중에서는 중근이가 있었고 명재라는 친구가 있었다.

"재즈기타를 잘 치던 놈 있었잖아. 소풍날이면 새까만 안경 딱지를 붙이고 루이 암스트롱을 흉내를 낸 놈 말이야."

"아, 중근이."

"그렇지 그놈 이름이 중근이었지."

중근이는 고향 친구들 중에서는 가장 먼저 성공의 가도를 달리던 친구였다. 그는 무슨 전자 부품 사업인가를 해서 새파랗게 젊은 놈이 이럭저럭 몇 십억인가를 손에 쥐게 되었으나 한 2년 내리막길을 걷다가 부도를 내고 현재 잠적한 상태에 있는 친구였다.

"결혼은 안 했고?"

"응, 지금까지는."

"다행일 수도 있겠다."

우린 그런 이야기도 나누었다.

"명재라는 친구가 있었지. 그 자식은 뭐하니? 가끔씩 그놈도 생각났어, 시험 볼 때마다 결과는 항상 그저 그러하면서 볼펜 한 개만 달랑 들고 와 늘 만점을 받을 것처럼 잘난 척하던 놈 말이야."

명재는 늘 뭔가를 아는 척했고 그래서 따돌림을 당하던 친구였다. 나도 가끔씩 그때를 떠올리면 명재가 생각났고 그때 그의 모습과 말들이 줄줄이 떠오르기도 했다. 공자, 석가, 마호

메트, 플라톤, 맹자에 대하여 푸코는 말이야 프로이드와 융의 논리가 다른 점은 말이야. 명재는 그렇게 잘난 척을 하고 싶어서 늘 무언가를 뒤적이며 달달 외워두나 보았다. 나는 명재가 언젠가 거리에서 인근 여학생들이 몇 명 모여있는 자리로 다가가 '우리나라에선 페미니즘 문제를 거론하는 단계는 아주 오래 전에 지났다니까'를 서두로 꺼내놓고 어쩌고저쩌고 하다가 빈축을 사던 모습을 떠올렸다. 그때 여학생들은 아무도 명재의 말에 대꾸를 하지 않았고 자기들끼리 마주보며 픽픽 웃음을 흘렸다.

"응, 지금은 서울 어디서 독서실을 운영하고 있어. 잘난 척은 쏙 들어갔고 얌전해."

나는 현재의 명재 그대로를 말했다. 명재는 정말이지 어느 날부터인가 입에 자물통이라도 채운 것처럼 조용해졌다.

"어디서 큰 코를 한 번 다쳤나? 암튼 우리가 순진했으니까 말이지 그놈 하던 꼴은 꼭 어디 가서 맞아죽기 딱 알맞았지."

영수와 나는 마주보며 큰소리로 웃어보기도 했다.

영수의 처음 상대였고 결혼까지 한 여자는 흑인 여성이었는데, 그녀와는 3년쯤 함께 살다가 이혼을 했다고 말했다. 두 번째는 일본 여성으로 한 1년 동거 후 6개월 전 종지부를 찍었다고 했다.

"처음 와서 나도 고생 좀 했다."

학교를 떠난 영수는 서울의 어느 변두리 가방공장의 직공으로 1년을 보냈고 6개월의 여행비자를 내어 미국에 들어갔다. 그때 영수는 귀국하지 않았고 불법체류자로 몇 년을 보냈다고 했다.

"난 그 흑인 여자와 결혼한 후 시민권을 얻었어."

영수가 그 말을 할 때 나는 속으로 오래 전에 있었던 꼬리어미와의 사건과 애정문제, 그 흑인 여성에 대한 영수의 애정문제와 진실성에 대해서 동시에 떠올리며 생각했다. 그때 영수는 그런 내 마음이라도 간파했는지 이렇게 말을 이었다.

"그 흑인 여자는 무엇보다도 마음 씀이 착한 여자였는데 결국은 내가 황색인간이라서 길게 사랑할 수는 없겠다고 말하는 데야 어쩔 수 없었다."

영수의 말 속엔 피부색이 서로 다른 사람들 간에 가질 수 있는 어떤 사고나 선입견이라는 것이 서로 같을 수 있다는 얘기였다. 나는 처음으로 내가 갖고 있던 편견들이 다른 쪽에서도 같을 수 있겠다는 생각을 해보는 듯 느껴졌다. 이어 영수는 꼬리어미와의 사건까지 이야기했다. 그래서 나는 그때 말도 많았던 무성한 소문들을 영수의 입을 통해 재차 들었다.

"소문이 무성했다는 것도 알아. 그 뒤로도 나는 한밤중에 두어 번 더 그녀의 집을 방문했다. 말하자면 정이라는 것이 무서웠던 거지. 다른 마을 누구에겐가 개가를 했다는 이야기까지도 알고 있다."

햇볕이 따사롭게 느껴지던 그해 봄날이었다. 영수는 창문으로 들어오는 따스한 햇살을 받고 누워 TV를 보고 있었다. TV에서는 캐나다의 어디에선가 맹수 키우는 농장이 보이고 있었다. 그곳엔 암수 두 마리의 호랑이도 있었다. 그런데 암호랑이는 아직 젊고 수놈은 기력을 다한 늙은 호랑이였다. 화면은 젊은 암호랑이가 늙은 수놈 호랑이 앞에서 온갖 교태의 몸짓을 보이며 기를 쓰고 있는 모습이 보였다. 기력이 쇠한 수놈 호랑이는 암 호랑이의 교태를 받아줄 수 없었다. 하지만 그걸 아는지 모르는지 암호랑이는 징징거리는 묘한 울음까지 성토했다. 그야말로 처절한 광경이라고 영수는 생각했다. 그에 대해 농장 주인은 '암호랑이에게 곧 젊은 수놈 호랑이를 찾아 짝을 지어 줘야겠다'는 말을 했다. 영수는 그때 꼬리어미를 떠올렸고 그날 저녁 자신도 알 수 없는 어떤 힘에 이끌리듯 꼬리어미가 살고 있는 집 안으로 들어가게 되었다고 말했다.

"그 뒤 나는 도망을 쳤던 거야. 그때 그 여자는 나에게 학교도 뭐도 다 그만두고 어딘가로 가서 함께 살자고 꼬드겼거든. 겁도 나고 그녀와 아이를 감당할 자신도 없었다."

그가 흑인 여자를 처음 만난 곳은 어느 유원지의 공원에서였고 그때 여자는 라스베이거스에서 지압사로 일하고 있었다. 그녀 덕에 영수는 라스베이거스에서 얼쩡거리게 되었고 어느덧 카지노에 입성해 점점 큰돈을 거머쥐게 되었다고 말했다.

백인 안내인은 거의 우리 주위에 머물러 있었고 영수에겐 때때로 LA부동산 사무실의 여비서에게서 전화가 왔다. 그때마다 영수는 그녀에게 무엇인가를 지시하기도 했다. 영수는 그곳 어딘가에 '어느 정도 규모의 저택을 소유하고 있다'고도 내게 말했다.

영수가 카지노 업체의 VIP인 덕에 나도 그곳에서 VIP가 되어 있었다. 당연히 나는 엘리베이터까지도 VIP전용키를 사용하며 호텔의 맨 위층인 스위트룸을 썼다. 내가 묵은 호텔방은 고품위의 인테리어 장식은 말할 것도 없고 20여 명 정도는 족히 앉을 수 있는 넓은 사우나실 부터 모든 게 잘 갖추어져 있었다. 천정엔 미켈란젤로의 그림 아담의 탄생이 잘 재현되어 그려져 있었고 언제든 몸을 담글 수 있는 깨끗한 물은 늘 적당한 수온을 유지하며 채워져 있었다. 응접실의 장식장 안엔 온갖 종류의 술과 과실들이 즐비하게 놓여 있었으며 갓 피어난 듯한 꽃들은 항상 싱싱한 모습으로 이곳저곳에 놓여 있었다. 영수는 내게 VIP에겐 모든 것이 다 공짜이니 아무런 부담을 갖지 말고

맘껏 즐기며 먹고 마시라고 했다.

그때 영수도 나와 똑같은 옆방을 썼다. 현재 사귀고 있다는 20대 백인 여성은 근처 어딘가에 있는 전신전화국을 다니고 있다고 했는데 하루 한차례 밤늦은 시간에 영수의 방에 다녀갔다. 그녀의 두 눈은 여배우 소피마르소와 비슷했는데 키는 큰 편이었고 살이 찌지 않아서인지 늘씬하게 보였다. 하지만 서양 여자의 모습에 익숙하지 않은 나는 그녀가 미녀인지, 미녀라면 어느 정도의 미녀인지는 잘 계산이 되지 않았다. 아무튼 나는 사우나실 거실 침실을 맴돌다 푹신한 침대에 오르며 매번 중얼거렸다. '궁전이 따로 없군.' 그도 그럴 것이 나는 궁전에서 살아 본 바도 없지만 그 정도의 고급 장소엔 아직 들어가 본적도 없었고 들어가 볼일도 없었다. 내가 들어가 본 곳이라고는 술에 떡이 된 친구를 이끌고 그저 몇 번 장급 모텔이나 값싼 여관 같은 곳에나 들락거렸을 뿐이었다. 나는 푹신한 침대 위에서 도무지 잠을 이루지 못했다. 아니 나는 그곳에서 그냥 잠들어 버리는 시간들이 아까웠다. 나는 나흘 밤을 내리 조금 누워 있다가 벌떡벌떡 일어나 보라색이건 청록색이건 시선이 닿는 대로 양주 한 병을 따들고 일없이 이곳저곳을 걸어 다니며 홀짝거렸다. 창 앞 반대편엔 뉴욕뉴욕 또는 몬테칼로라는 카지노의 불빛들이 밤새 불야성을 보였다. 하늘이 흐릿했던지 별은 한

점 보이지 않았고 매일 밤 구름 사이로 둥그렇게 둥실 뜬 달이 빛을 뿜어대고 있었다. 나는 그 둥근 달 속에 서있는 계수나무를 쳐다보며 토끼도 그려보고 여우도 그려보았으며 친구들의 얼굴과 직장동료들의 얼굴을 떠올려 보기도 했다. 또 영수의 얼굴도 집어넣어 보고 언젠가 읍내의 포목점에서 본 영수 아버지의 얼굴도 그려 놓기도 했다. 나는 소년의 마음으로 라스베이거스의 둥근달을 가슴에 새겨 넣으려고 노력을 했다. 그러다 이럭저럭 잠이 들었고 매일 아침 모닝콜의 음악 소리를 들으며 일어나 로비로 내려가 영수를 만났다. 영수는 내리 4일간을 그 특유의 독사 눈빛을 빛내며 내게 돈뭉치를 보여줬다.

"대략 한국 돈으로는 6,000만 원이 넘을 거야."

"한국 돈으로는 5,000만 원이 넘을 거야."

"오늘은 어제와 같았어."

영수는 늘 나와 비슷한 시간에 올라가 취침을 했고 사귀는 여자가 다녀갔고 그러고도 두어 시간 먼저 일어나 돈을 땄다. 나는 영수가 보이는 돈을 볼 때마다 눈알이 핑핑 돌았다. 5, 6천만 원이란 돈은 거의 내 연봉 2년 치와 맞먹었다. 나는 봄, 여름, 가을, 겨울 사계절을 내내 쳇바퀴에 앉아 있는 나를 생각했다. 나는 그저 일 원짜리나 십 원짜리로 쌓아 올린 누에고치 같은 작은 집을 짓고 굼벵이처럼 들어앉아 번데기가 되어 죽어질

내 운명을 생각했다.

영수는 내게 갖가지 쇼를 보고 기계도 써보라고 말했다. 나는 내리 4일을 아침식사 후면 영수를 따라 그 유명하다는 라스베이거스의 카지노라는 곳을 가는 것부터 시작했다. 첫날 영수는 어느 기계 앞으로 가서 익숙한 동작으로 몇 번인가 당기는 모습을 내게 보여줬다. 나는 영수가 한 번 당기는데 백 달러짜리 돈뭉치가 정말이지 무섭게도 빨리 날아가 버리는 것을 보았다. 나는 깜짝 놀랐고 영수는 너무도 태연했다. 나는 영수의 그 태연한 태도에서 VIP의 모습을 강하게 느낄 수 있었을 뿐이었다. 영수는 빙그레 웃으면서 나에게 한 번 해보라고 했다. 나는 머리를 흔들며 아주 싼 기계를 원했다. 영수는 몇 번 주위를 두리번거렸다. 그러더니 1달러짜리 기계를 소개했다. 영수는 내게 그냥 맛보기로 한 번 해보라고 했다. 그렇게 첫날 아침에 나는 영수가 안내해 준대로 1달러짜리 기계 앞에 앉아 10여 분 만에 100달러를 잃고 자리에서 일어났다. 하지만 영수는 계속해서 100달러짜리가 순식간에 사라져버리는 기계 앞에 그대로 앉아 작동을 시키고 있었다. 내가 자리에서 일어나 다가가자 영수는 내게 말했다.

"오늘도 내 꿈은 말이야 아주 만족할 만큼의 큰 잭팟을 두어 번 터트리는 거야."

그러면서 영수는 또 한 번의 미소를 보내더니 그때도 우리 주위를 돌던 백인 남자를 불러 뭔가를 지시했다. 영수가 시키는 대로 나는 백인 남자를 따라 카지노의 구석구석을 돌아다녔다. 나는 그들의 영화에서처럼 호텔 로비에서 과일 음료수 빵 등을 먹으며 담소를 나누고 있는 사람들을 구경했고, 쇼장에 들어가 천정으로부터 내리뜨려진 동아줄 하나에 몸을 감고 접시를 돌리는 등 온갖 행위를 보이는 중국쇼를 보았다. 그리고 점심때쯤 다시 카지노로 갔다. 영수는 그때까지도 열심히 기계를 작동시키고 있었다. 내가 다가가자 영수는 한 30분 전에 잭팟 하나를 터트렸다고 말했다.

"그래? 얼마짜리였어?"

나는 눈을 휘둥그레 뜨고 물었다.

"한국 돈 1억 정도. 뭐 이번엔 본전을 때운 거였어."

"그래? 대단하다."

들인 돈의 본전을 채운 거였든 어쨌든 나는 영수가 대단해 보였다. 적어도 몇 시간 안에 몇 천만 원이 왔다 갔다 하는 것을 눈 까딱 하지 않고 감당해 내는 영수가 정말이지 나는 대단해보였다. 아니 몇 천만 원뿐이겠는가? 그 시간에 실제로 왔다 갔다 한 것은 수억씩은 될 것이다. 그때 영수의 답변은 자기는 최소한 본전을 채운다며 말을 이었다. 영수는 자신도 게임이라는 것을 대개는 확률에 의존하지만 기계가 언제 터질지 감이 온다고 말했다. 그러면서 기계 윗부분의 숫자판을 손짓으로 가리켰다.

"그 확률이라는 것이 별게 아니라 보통 숫자가 1,200~1,300에 이르면 잭팟이 터지게 되어있다는 거야 그렇지만 더 중요한 건 그 숫자에 이르렀다고 다 터지는 것은 아니라는 거지. 그러니까 어디까지나 그건 확률일 뿐이고 나머지는 그날 자신의 운과 그 사람의 감각에 달려 있다고 할 수 있지."

그날도 나는 영수와 점심식사를 했고 식사 후 영수는 백인 남자에게 오후에도 나를 데리고 다니며 이곳저곳을 구경시켜 주라고 지시했다. 하지만 나는 휴식을 취하겠다고 말했다. 나는 우선 핑핑 돌아가는 내 눈동자부터 안정시켜야 했다. 나는 내방에 들어가 푹신한 침대에 누웠다. 나는 영수가 말한 확률과 기계가 언제 터질지 감이 온다고 한 말을 자꾸 상기했다. 내 수준은 비행기 왕복 탑승료를 빼고 기타의 경비로 그저 몇 번 술을 살 정도를 가져온 것이 전부였다. 나는 내 주머니에 들어 있는 적은 돈으로 영수 덕에 한 1억쯤 아니 10억쯤을 불려 볼 수 있으려나? 하며 몇 번이고 군침을 삼켰다. 두어 시간 후 다시 백인 남자를 따라가 머리 위에 깃털 장식을 한 미끈한 여자들이 등장하는 현란한 나체쇼를 보았다. 나는 나체쇼를 보면서도 그날 밤 잠자리에 들어서도 영수가 말한 확률과 감이라는 것만을 생각했다. 나는 좀처럼 잠을 이루지 못했다.

다음 날 식사 후 나는 영수를 따라 다시 카지노로 갔다. 영수가 기계 하나를 골라주었다. 10불짜리 기계였다. 영수는 내게 30불씩 당기라고 말했다. 그리고 럭키머니라는 말과 함께 내 기계에 2,000불을 정말이지 종잇조각을 넣듯 넣어주었다. 나는 영수가 넣어주는 종잇조각을 망연히 쳐다보다가 그가 하라는 대로 30불씩 당겼다. 영수는 내 모습을 지켜보며 말했다.

"똑같은 기계가 주위에 여러 대가 있는데 이 기계는 곧 터지게 되어 있어. 100달러 기계와 10달러 기계 또는 1센트짜리 기계가 다른 점은 돈의 액수가 적을수록 터질 확률이 작아지는 것뿐이야. 하지만 1달러 기계에서도 아주 많은 돈의 잭팟이 터지기도 하지. 언젠가 1센트의 기계에서 백억 불이 나온 적이 있어서 신문에도 나고 그랬어. 잘해봐."

영수는 그렇게 말하며 내 어깨를 툭 치고는 자기 자리로 돌아갔다. 영수의 말대로 나는 그 기계에서 1,000불도 따냈고 2,000불도 따냈다. 나는 30여 분 남짓한 시간에 영수가 넣어 준 2,000불의 원금을 제외하고도 4,000불을 더 따냈다. 나는 속으로 왕복 비행기 탑승료까지도 모두 공짜가 되고도 남았다고 좋아했다. 나는 영수에게 원금 2,000불을 내밀었다. 그러자 영수는 내게 좀 더 센 50달러짜리 기계를 소개했다. 영수는 그 기계도 곧 터질 때가 되었다고 말했다. 그리고 영수는 내가 건네준 2,000불의 원금과 자기 돈 2,000불을 더해 4,000불을 또 한 번 종잇조각을 넣듯 기계에 넣어 주었다. 초반에 나는 잃었다. 4,000불이라는 돈이 마구 사라지는 것을 보며 나는 안절부절못하고 있었다. 그러나 마음 한편에서는 영수가 골라 준 이 기계는 곧 아주 커다란 잭팟을 반드시 터트려 줄 거라는 기대 또한 부풀어 있었다. 이럭저럭 4,000불이 다 날아갈 즈음 그렇게 되는 게 어떤 진행인 것처럼 기계는 토해내는 횟수가 많아졌다. 다시 재미가 붙고 나는 영수가 넣어준 4,000불을 다 건지고 조금 더 따낸 다음 자리에서 일어났다. 게임에 초보인 내가 이럭저럭 두세 시간을 기계 앞에서 실랑이를 하며 보내다 보니 너무 피곤하기도 했고 애써 따낸 돈을 순식간에 다시 잃을 수도 있다는 것에 겁을 냈다. 그때 영수는 내 옆에서 60,000불짜리 잭팟을 터트렸다. 나는 영수에게 4,000불을 넘겨주었다. 그때 영수는 빙그레 웃으며

"내일은 헬리콥터를 타고 그랜드캐넌이라는 곳을 구경 해보라"

고 했다. 그리고선 돌아와 다시 한 번 더 해보라며 내 주머니에 4,000불을 그대로 넣어주었다.

"여기까지 왔는데 그건 보고 가야지."

영수는 이미 나도 VIP가 되어 그 경비 또한 공짜라고 했다.

다음날 아침 나는 영수를 따라 또다시 카지노에 들려 잠깐 기계를 썼다. 영수가 해보라는 기계에서 나는 따지도 잃지도 않았다. 그리고 아침식사 후 VIP전용 헬기를 타고 그랜드캐넌의 계곡 위와 아래를 곡예 하듯 돌았다. 나는 요동하는 비행기 안에서 내내 내 인생이라는 것을 생각했다. 비록 처음은 영수의 좋은 끗발에 의존하겠지만 나는 나도 이럭저럭 크게 성공한 내 인생을 그렸다. 나는 이대로 영수 옆에 붙어 있고 싶다는 생각을 했다. 그날은 돌아와 지압을 받고 영수가 시키는 대로 그냥 일찍 잠자리에 들어갔다. 다음날 오후 서울행 비행기 표를 사두었으므로 오전에는 약간의 시간이 있었다.

다음날 아침 나는 일부러라도 기분 좋은 기지개를 켜며 잠자리에서 일어났다. 아침식사 후 나는 영수에게 기계 하나를 선택해 달라고 말했다. 나는 영수가 선택해 주는 대로 또 한 번 50불짜리 기계 앞에 앉았다. 그러나 두어 시간 기계 앞에서 실랑이를 벌였을까? 우습게도 나는 그 4,000불을 다 잃었고 그동안 따낸 돈까지 몽땅 기계에 처넣고는 자리에서 일어났다. 영수는 아쉬운 목소리로 '터질 때가 되었는데.' '터질 때가 되었는데'라는 말을 반복하며 시간 관계상 더할 수는 없다는 말과 함께 종업원을 불러 기계를 잠궈달라고 말했다. 영수는 그 기계를 다음에 자기가 쓰겠다고 했다.

귀가 길은 영수가 공항까지 리무진에 동승했다. 영수는 가끔 전화를 하겠다고 했고 시간을 내어 또 다시 오라고 말했다. 나는 서울로 돌아왔다. 그 후 영수에게선 세 번의 전화가 있었다. 도착 직후 '서울에 잘 도착했느냐'는 것과 두 번째는 6개월쯤 지난 다음이었다. 그저 '잘 있느냐'는 안부 전화였고 '자기도 그럭저럭 잘 보내고 있다'고 말했다. 세 번째는 그 후 1년이 지난 작년 이맘때 가을이었다. 역시 '잘 있느냐'는 안부전화였고 그는 여전히 LA와 라스베이거스를 왔다 갔다 한다고 말했었다.

찔레꽃이 피였네

그녀는 숲속 공터에서 한 마리의 커다란 지네와 싸우는 꿈을 꾸었다. 숲속 한가운데에 위치해 있는 공터는 그녀가 한 번도 가본 적이 없는 낯선 장소였다. 지네는 보통 크기의 구렁이만 했고 그녀의 두 손엔 나무 곤봉이 하나씩 들려 있었다. 지네는 공중을 날으며 무조건 돌격해왔다. 그녀는 곤봉 두 개로 막고 치고 했다. 지네의 딱딱한 각질은 그녀가 뒤흔드는 나무곤봉에 딱딱 부딪쳤다. 여러 개의 환절로 이루어진 그것은 그리 유연하게 움직이지는 못했다. 거의는 뻣뻣하게 일직선으로 내달아 올뿐이었다. 실제 상황은 어떨지 모르나 꿈속에서는 그랬다. 왠지 그녀는 자신이 있었다. 그러나 순간 지네가 보통 구렁이만 하다면 굉장히 큰 것이라는 생각을 했다. 그동안 그녀가 본 것으로는 신경통이나 허리관절 등에 좋다며 한 묶음씩 묶어 약용으로 파는 15센티 남짓한 것들이었다. 이 지구상에 저만한 놈이 또 있을까? 지네는 작아도 강한 독을 가지고 있다는 것을 그녀는 잘 알고 있었다.

지네는 지치지도 않고 덤벼들었다. 이러다가 혹 이놈에게 물리면 즉사하겠구나, 라는 생각이 들었다. 그러자 곧 자신이 없어졌다. 눈앞이 캄캄해졌고 두 손과 두 다리가 후들후들 떨렸다. 그녀는 지네처럼 날지 못하는 자신에 대해 분개했다. 살기 위해서는 그놈을 무조건 잡아 죽여야만 했다. 그녀는 정말이지 죽을힘을 다해 곤봉을 휘두르고 막고 했다. 그러다 결국, 오른손 엄지손가락 바로 위쪽을 물리고 말았다. 세 개의 이빨 자국이 보였다. 그저 막연한 생각으로, 지네에게 물리면 두 개의 흔적이 보일 것이라고 생각했었다. 그러나 세 개의 흔적이 보였고, 세 개의 흔적은 곧 세 개의 구멍으로 뚫어졌다. 그때 지네는 어딘가로 사라지고 없었다. 그녀는, 나는 이제 죽는구나! 라는 생각을 했다. 잠시 후 지네에게 물린 세구멍에서 피가 분수처럼 솟아올랐다. 그녀는 솟아오르는 피를 보며 생명에 희망을 걸었다. 솟아오르는 핏속으로 독이 빠져나가고 있을 거라는 생각을 했다. 그러나 지네에게 물린 그녀의 오른쪽 손은 곧 욱신거리기 시작했다. 순식간에 그녀의 한 손은 축구공만큼이나 크고 동그래졌다. 그래도 피는 여전히 솟아났다. 그녀는 자신이 죽게 되면 참으로 어처구니없이 엉뚱한 놈에게 당해 죽는 것이 되겠구나, 생각했다. 그야말로 개죽음이구나! 하고 그녀는 허탈하게 중얼대기도 했다. 분하고 억울했다.

그녀는 그렇게 죽음의 공포를 안고 잠에서 깨어났다. 온몸은 땀에 젖어 있었다. 그녀는 꿈을 그리 신봉하는 여자는 아니었다. 그러나 이번엔 달랐다. 그녀는 뜨거운 입김을 불어내며 좋은 꿈이라는 생각을 했다. 이마에 맺힌 식은땀을 손등으로 밀어내며 대단히 좋은 꿈이라고 다시 고쳐 생각했다. 그녀는 자신에게 무언가 대단히 좋은 일이 일어날 것만 같았다. 꿈은 일종의 불가사의한 본의가 투영된 것이라 하지 않는가? 꿈속에서 독사나 지네 같이, 혹은 호랑이나 사자 같이 맹독을 가지고 있거나 힘이 센 동물들은 보는 것만으로도 좋은 거고, 물리면 더 좋고 피를 보면 더욱 좋고 또 그것들로 인해 자신이 죽어 보이면 대단히 좋은 것이라는 말은 어려서부터 귀가 아프도록 들어왔다. 대단히 좋은 꿈을 꾼 그녀는 삼국유사에 나오는 고사 하나를 떠올렸다.

'신라의 재상 김유신의 막냇동생 문희가, 언니인 보희의 꿈을 비단치마로 사서 뒷날 문정왕후가 되었다'는 이야기였다. 언니 보희는 꿈속에서 서악西岳에 올라 소변을 보았고, 그러자 온 도성이 물바다가 되는 꿈을 꾸었다고 했다. 그녀는 자신이 꾼 꿈을 보희가 꾼 꿈과 비교했다. 그녀는 자신이 꾼 꿈도 보희의 꿈에 못지않다는 계산을 했다. 오히려 자신이 꾼 꿈은 소변보다도 훨씬 진한 피였다는 생각을 했다. 이어서 그녀는 프로이드의 꿈의 해석이라는 것도 떠올려 생각해 보았다. 인간은 여전히 동물, 무의식의 정신현상, 어떤 욕구불만의 대리만족을 목표로, 긴 것은 성과의 관계가 있다.

그녀는 자신의 성적인 문제를 생각해보았다. 그 점에 있어 그녀는 TV의 어느 선전 문구처럼 늘 몇 %의 부족함을 느끼며 살고 있다는 생각을 했었다. 하지만 대부분의 사람들도 거의는 비슷하게 살아가려니 했고, 그 점은 진즉 포기해 버린 상태였다. 혹은 자기보다도 못한 사람들이 많이 있으리라고 생각했다. 그 이유로도 그녀의 성은 별 불만 없이 잠들어 버렸다고 스스로도 생각해왔다. 그녀의 결론은, 자신이 꾼 그 좋은 꿈은 프로이드식의 해석에도 전혀 해당사항이 없다는 거였다. 대단히 좋은 꿈. 그녀는 돈이 좋았다. 고개를 들어 야광시계를 바라보았다. 새벽 한 시가 넘어가고 있었다. 그녀는 아! 대단히 좋은 꿈 하다가 다시 잠이 들었다.

아침에 일어난 그녀는 다시 아! 대단히 좋은 꿈, 하고 중얼거렸다. 그리고 단호한 목소리로 나는 돈이 좋아, 라며 못을 치듯 말했다. 그녀는 그 대단한 꿈을 마음속에 꼭 감추고 남편과 아이들의 아침상을 차렸다. 역시 그 대단한 꿈을 꼭 감추고서 직장과 학교로 가는 남편과 아이들을 배웅했다. 대단히 좋은 일이 일어 날 것 같은 설렘이 그녀의 머리를 뒤흔들었다.

돈이 좋은 그녀는 자기의 꿈을 놓고 돈 계산을 했다. 나는 이 지구상에서 딱 한 마리밖에 없을지도 모르는 커다란 지네에 물렸으며 세 구멍이 뚫어졌고 붉은 피가 솟아올랐다. 그녀는 지네의 맹독뿐만 아니라 솟아올랐던 피의 양으로도 자신은 죽은 거나 다름없다는 생각을 했다. 일확천금이 하늘에서 뚝 떨어질 리는 없었다. 대신 이 세상엔 복권이라는 것이 있었다.

로또복권은 한 주에서 나오는 당첨자의 숫자에 따라 금액이 달라진다. 그녀는 지구상에선 딱 한 마리밖에 없을 듯싶은 커다란 지네가 내내 일직선으로만 내달아 오던 모습을 다시 떠올리며, 아마도 자신이 단독 당첨자가 될지도 모른다는 생각을 했다. 이어서 세 개의 구멍이 나 있었던 점을 떠올리며 그냥 겸손하게 30억쯤의 당첨금 정도만을 계산하기로 했다. 그동안 복권에 당첨된 사람들 중 돼지꿈이 가장 많은 숫자를 냈다는 말은 그녀도 들어서 알고 있었다. 그러나 돼지꿈이건 지네꿈이건 어떻게 꾸는 것이냐가 문제일 것이라고 생각했고, 돼지꿈에 대해서라면 자신의 꿈은 다섯 마리쯤의 어미 돼지가 각각 열두 마리정도의 새끼들을 이끌고 떼를 지어 몰려드는 것과 거의 동일한 것이라고 결론을 내렸다. 그런 생각을 한 그녀는 잠시도 지체할 수 없었다. 어느덧 시간은 오전 아홉 시가 넘어가고 있었다. 대단한 일이 벌어질 것 같은 기대를 안고 그녀는 집을 나섰다.

현관문을 열고 나가다가 옆집 남자를 보았다. 늦잠을 잤는지 그는 출근을 서두르며 계단을 내려서다 문소리를 듣고 고개를 돌려 그녀를 바라보았다. 옆집 남자는 조금 쑥스러운 표정을 하며 고개를 까닥하고 인사를 보냈다. 그녀도 그에게 인사를 했다. 하지만 그가 고갯짓 한 것만큼만 까닥하며 인사를 보냈다. 그만큼 그녀는 자신의 꿈을 의식하며 보호하고 있었다. 집 앞 사거리에선 미용실 여자를 보았다. 미용실 여자는 그녀를 향해 배시시 웃으며 그녀의 앞을 가로질러 갔다. 그래서 그녀는 미용실 여자가 골목으로 사라질 때까지 그대로 서있다가 그 여자가 가로지른 길을 피해 주위를 한 바퀴 빙 돌아서 시장 길로 갔다. 빙 돈 시장 길엔 근사한 집 한 채가 있다. 높은 담엔 담쟁이 넝쿨이 둘려져 있고 문은 늘 굳게 잠겨 있었다. 담 위로 보이는 널찍한 지붕이 덕수궁 근정전의 지붕 형태와 같은 모양을 보이고 있었다. 그녀도 이 집의 정원엔 온갖 귀화요초와 풀장까지 갖추고 있다는 소문을 들었다. 사람들은 이 주택을 도심에서 변두리인 지역상을 감안해 30억쯤을 계산했었다. 그녀는 평소 이 주택 옆을 지나가게 되면 늘 언감생심이라는 문구를 떠올리며 군침을 흘렸었다. 그녀는 이 집을 사버릴까라는 생각을 했고 내가 주인이 되려고 집은 곧 부동산에 내어놓게 될지도 모르겠다는 생각을 했다. 게다가 급매물로라도 내놓게 된다면 5억쯤은 싼 금액으로 매수할 수도 있을 거라는 생각을 했다. 그럼 25억이면 돼. 25억.

복권판매소는 시장 안 슈퍼에도 있고 시장을 지난 큰길 옆에도 있고 큰길 옆 은행에도 있다. 그녀는 시장을 가로질러 우선 큰길 옆 복권판매소로 향했다. 그녀는 큰길 옆 복권판매소로 향해가며 일주일에 한 번씩 당첨자를 뽑는 로또복권 쪽과 그냥 즉석에서 번호를 긁어내어 당첨자가 가려지는 즉석복권을 놓고 방황했다. 사실 이 문제는 처음 복권을 떠올리면서 함께 생각했었다. 그녀는 누구에겐가 한 번 더 묻듯 중얼거렸다. 어때? 어느 쪽에 내 행운이 있을 것 같아? 그러다가 결국 즉석복권 쪽을 선택했다. 그녀가 로또복권을 선택하지 않고 즉석복권을 선택한 것은 또 한 번 그 누군가가 오늘의 꿈은 오늘의 것. 오늘 주어질 행운은 바로 오늘 주어지는 거야, 라는 말을 해주는 듯했고 자신도 그 말이 합당하다는 생각이 들었기 때문이었다. 그리고 그녀는 복권이 당첨 된 다음에 떼어내는 세금이 대략 30%가 된다는 것을 생각했고, 세금이 너무 세다는 생

각을 하다가 만약에 50억이 된다면 15억을 떼어낸다고 할지라
도 35억이 공돈이니 불평하지 않을 생각을 했다.

그녀는 돈의 요리에 대한 온갖 상상을 다 해보았다. 은행에
다 넣어 놓고 여행이나 실컷 해보는 거야. 호화 유람선을 타고
세계 곳곳을 누벼야지. 정말이지 나는 인생이라는 것을 참으로
멋지게 보내겠어. 일부는 요지에 땅을 사놓을 거야. 아니야, 우
선 좋은 집을 살 거야. 그녀는 좀 전에 지나쳐 온 덕수궁 근정
전의 지붕과 같은 그 집을 생각하고는, 집만 덩그러면 뭣해? 실
속이 있어야지. 요지에 땅을 사놓을 거야, 라며 다시 고쳐 생각
을 하기도 했다. 근정전을 닮은 그 집을 한 채 사놓은 후 관리
할 능력이 없어서 쩔쩔매고 있는 자신을 생각해 보기도 했다.
심사숙고를 해야지. 그건 참으로 어리석은 행위거든. 그녀는
그렇게 혼잣말을 하기도 했다. 그러면서 그녀는, 30억 또는 50
억의 복권당첨금을 꿈꾸는 자신을 우습게 여길 수 있는 여유로
운 사람들도 많이 있겠다는 생각을 했고, 그리 녹녹한 형편은
못되면서, '복권을 하는 행위는 서민들의 몫이야'라며 공연한
한마디를 던져보는 사람들 또한 많이 있겠다는 생각을 했다.
그리고 어떤 이유로든 혹시 자신이 곧 죽게 된다면 그 돈이 아
까워서 어떻게 눈을 감을 것인가를 놓고 고민도 했다.

복권판매소 앞에 선 그녀는 우선 5,000원을 주고 복권 10매

를 주문했다. 복권판매소 여자가 그녀에게 건네주는 복권 10매를 받을 땐 손이 떨렸다. 그녀는 판매소 옆에 서서 10원짜리 동전을 꺼내 한 장 한 장씩 긁어대며 당첨 여부를 확인했다. 그러면서 간간 복권판매소 여자의 얼굴과 지나가는 사람들의 시선을 흘끔거렸다. 그런 그녀는, 만일 당첨 번호가 나온다 해도 표정관리를 잘해야겠다는 생각을 했다. 그녀는 당첨된 복권을 날치기라도 당할까봐 미리 겁을 집어먹기도 했다. 복권판매소 여자가 어떤 억지를 부릴지도 모르겠다는 생각을 했고, 그녀와 지나가는 행인이 순간적인 작당 짓을 벌일지도 모를 일이라는 생각을 했다. 그녀는 복권판매소 여자가 복권 10장씩을 사는 자신을 어떻게 생각할까 싶어 좀 부끄럽기도 했다. 그리고 복권판매소 옆에서 복권들을 확인하는 여자를 보고 지나가는 사람들이 어떻게 생각할까 싶어 창피해지기도 했다.

가끔 1,000원짜리의 당첨과 500원 짜리 당첨금이 나와 그것을 다시 교환하며 확인을 해야 했으므로 그녀는 좀 길게 서서 복권을 긁어야 했다. 처음엔 합의 2,000원이, 그 다음엔 500원의 당첨금이 나왔고 결론적으로는 모두 실패였다. 그녀는 그렇게 바닥이 나자 그 자리를 떴다. 그러나 열 걸음쯤 떼어 놓고는 다시 돌아서서 그 자리로 갔다. 그녀는 다섯 매를 더 사서 긁었다. 바로 뒷장들이 주르륵 10억짜리가 될지도 모르는 생각이 그녀를 잡아끌었기 때문이었다. 이번엔 500원짜리 하나 되고 나머지는 모두 실패였다. 그러고도 또다시 몇 걸음 옮긴 후 되돌아섰다. 그녀는 석 장을 더 샀다. 복권 판매소 여자가 빙그레 웃었다. 그녀도 복권판매소 여자에게 쑥스럽다는 듯 웃어 보였다. 그녀는 그 석 장까지는 그 자리에서 긁어 보지는 못했다. 창피한 마음에 그냥 가방에 넣었다. 그 석 장은 복권판매소를 지나 길 가에 있는 의복점 옆에서 긁었다. 석 장 다 실패였다. 하지만 그녀는 여전히 똑같은 기대와 설렘을 갖고 가게들과 슈퍼를 들락거렸다. 어디서든 미련은 그녀의 등을 잡아끌었다. 그녀는 몇 걸음씩 떼고 난 후에 어김없이 두세 번씩은 뒤돌아서서 몇 장의 복권을 더 사서 긁었다. 그랬어도 자신이 뒤돌아서면 등 뒤에서 당첨이 될 복권이 이렇게 말하는 것 같았다. 나 여기 있지롱! 바보야.

전부를 실패한 그녀는 집으로 돌아오면서도 집 근처 구멍가게들을 들렀다. 자신이 지나치게 무모한 짓을 하고 있다는 생각은 들었지만 지금 10만 원 정도의 투자는 투자도 아닌 것으로만 계산이 되었다. 그래 실컷 흉을 봐라 어리석은 여자가 지나가고 있다고. 그렇게 중얼거리기도 했다. 그녀는 다시 10매 다시 5매 다시 3매하는 식으로 집 근처의 구멍가게들을 돌았다. 그리고는 터덜터덜 걸어서 집으로 돌아왔다.

집에 돌아오니 오전 11시가 넘어가고 있었다. 그녀는 집안 청소를 했고 그때서야 아침식사를 한 그릇들을 치웠다. 그리고는 커피를 한 잔 만들어 마시며 아침신문을 보았다. 그녀는 다이어트 식품부터 히로뽕까지 잘못된 중국산의 물건들이 우리의 안방까지 쳐들어와 극성을 부리고 있다는 어제오늘 이야기가 아니었던 이야기들을 읽었고, 미국의 주가 폭락으로 한국경제에도 먹구름이 끼었다는, 역시 어제오늘의 이야기가 아니었던 기사도 읽었다. 그녀는 여왕벌을 만드는 로열젤리의 비밀이 풀렸다는 기사도 읽었다. 로열젤리의 힘의 비밀은 로열랙틴 이라는 단백질에 있다는 것. 일벌과 여왕벌의 유전자는 똑같지만 로열젤리를 얼마동안 먹느냐에 따라 일벌이 되기도 하고 여왕벌이 되기도 한다는 것. 초파리의 애벌레도 로열젤리를 마음껏 먹으면 여왕파리로 변하며 여왕파리나 여왕벌은 일벌이나 보통파리들 보다는 수명이 10배가 늘어난다는 것 등이었다. 그녀는 수명이 10배가 늘어난다는 것에 동그라미를 치고 그 기사를 가위로 오려 놓았다. 그리고 다시 안절부절못하는 모습을 보였다. 그녀의 궁둥이는 다시 들썩거렸다. 분명 자신의 것일 수도 있는 복권을 누군가가 사버릴 수도 있겠다는 생각이 들어서였다. 그래, 한 번 미쳐보자.

그녀는 또다시 집을 나섰고, 집을 나서면서 생각했다. 혹시 행운의 당첨 복권은 차를 타고 나가서 사야 되는 곳에서 나를 기다리고 있을지도 몰라. 그래서 그녀는 시장 길을 질러 버스 정류장까지 걸어갔다. 그리고 버스 정류장 앞에 선 그녀는 다시금 갈등을 했다. 정말로 버스를 타고 나가야 할까? 아니면 그냥 집 근처를 한 번 더 돌아야 할까? 그녀는 이럴까 저럴까를 망설이다 버스를 탔다. 아무래도 그래야 될 것 같다는 생각이 들었다. 그렇게 버스를 탄 그녀는 또다시 갈등을 했다. 버스가 어느 정도를 달린 후 내려야 할 것인가 하는 문제 때문이었다. 버스가 한 정거장쯤 갔을 땐 이쯤일까 싶은 마음에 버스에서 내리려고 했다. 버스가 두 번째 정거장에 닿았을 땐 또다시 갈등했다. 세 번째 정류장은 어떨까 싶어서였다. 그러다 끝내 두 번째 외출인 점을 참작해 두 번째 정류장에서 내렸다. 그녀는 자기가 내린 버스 정류장 근처를 돌면서 복권을 긁었다. 결과적으로는 모두 실패였고 그녀는 다시 버스를 타고 터덜터덜 집으로 돌아왔다. 집에 돌아오니 오후 1시가 넘어 있었다.

그녀는 점심식사를 하고 좀 누웠다. 그러나 그녀의 궁둥이는 또다시 들썩거리기 시작했다. 그런데 말이야, 세 번째 나가 긁은 것이 되었어. 하는 말이 예언처럼 입 안에서 맴돌았다. 그녀는 꿈속에서 지네에 물렸을 때 세 개의 흔적을 보였던 점을 생각했다. 피는 세 개의 구멍에서 분수처럼 솟았어. 그래 그건 어떤 계시적인 것이었어. 그랬을 거야. 그녀는 그랬을 것이라는 생각이 들었다. 결과적으로는 세 번째 외출, 세 번째 정류장에서 되었어. 하는 말이 다시금 예언처럼 입안에서 맴돌았다. 바로 이 시간이 될지도 몰라. 그래 미쳐보자. 남에게 10만 원 아니 100만 원 정도를 빌려주고 못 받았다고 생각해버리지 뭐. 그녀는 얼마 전에 옆집 여자가 친한 친구에게 1,000만 원을 빌려주고 영원히 못 받게 되었다고 했던 말도 떠올렸다. 그거에 비한다면 새발에 피도 안 되지. 그녀는 혼자 슬쩍 웃어보기까지 했다.

결국 그녀는 세 번째 집을 나섰다. 그녀가 큰길가로 걸어가고 있을 때 길가 골목 쪽으로 얼핏 보였다가 사라지는 한 여자의 모습이 보였다. 그녀의 집 뒤쪽에서 세를 들어 살고 있는 젊은 엄마였다. 그녀의 남편은 가끔씩 공사판에도 나가고 자잘한 집수리도 해주는 직업을 갖고 있는 사람이었다. 고정적인 수입이 없어서인지 마땅한 일이 계속 이어주지 않아서인지 여자는 아이들과 함께 늘 힘들어 했다. 힘들어 하면서 부지런히 살았다. 요즘은 아이들을 유치원과 놀이방에 맡기고 요구르트 배달을 하고 있었다. 여자를 본 그녀는, 복권만 당첨이 된다면 눈찔끔 감고 얼마쯤은 조용히 떼어주고 싶다는 생각을 했다. 그러면서 이런 착한 마음씨를 가진 자신에게는 하늘에서 큰 복을 한번 뿌려 주어도 합당하다는 생각을 했다.

이제 그녀는 별 방황 없이 버스를 타고는 세 번째 정류장에서 내렸다. 그때 길 건너 쪽에서 북과 장구, 꽹과리 소리가 들려왔고, 두 개의 애드벌룬이 하늘 높이 떠 있는 것이 보였다. 애드벌룬엔 매장 오픈기념 세일이라는 플래카드와 주부 노래자랑이 있다는 글귀가 나란히 써져 있었다. 시상금으로는 1등 대형 김치냉장고, 2등 순금 7돈, 3등 금반지 3돈, 4등 쌀 20kg, 5등 쌀 10kg, 나머지 참가인원 전원에게는 강원도 산 흑태 2kg가 수여된다는 것이 나열되어 있었다. 오늘 저녁 다섯 시 라는 글귀들도 보였다.

그녀는 이제 세 번째 버스 정류장 근처를 배회하며 복권을 긁었다. 하지만 결국, 아무런 성과도 올리지 못했다. 그녀는 집으로 돌아오려고 다시 버스 정류장으로 다가가며 이젠 3,000만 원 아니 500만 원의 당첨금이라도 좋겠다는 생각으로 마지막으로 복권 석 장을 더 사서 긁었다. 세 번째 정류장에서 내린 다음 처음 들려 이미 10장, 5장, 3장을 마친 곳이었다. 그녀는 그렇게 모두 실패했다.

모두를 실패한 그녀는 버스를 기다리며 서있었다. 길 건너 쪽에서는 여전히 북 소리와 장구 꽹과리 소리가 들려왔다. 그녀는 오픈기념 세일이라는 문구와 노래자랑이 있다는 꼬리표를 다시 한 번 바라보았다. 그녀는 주머니에서 핸드폰을 꺼내 시간을 보았다. 시작 시간은 한 시간 정도가 남아있었다. 그녀의 발길은 어느덧 터덜터덜 길을 건너고 있었다.

북, 장구, 꽹과리 소리가 있는 매장 앞에는 많은 사람들이 오고 갔다. 그녀는 매장 앞에 걸린 노래자랑에 시상될 내역을 다시 한 번 바라보았다. 1등 대형 김치냉장고, 2등 순금 7돈, 3등 금반지 3돈, 4등 쌀 20㎏, 5등 쌀 10㎏, 나머지 참가인 전원 강원도 산 흑태 2㎏.

사무실은 1층에 있었고 매장은 지하에 있었다. 그녀는 사무실 앞으로 가 노크를 한 뒤 안으로 들어갔다. 사무실엔 20대 후반 정도로 보이는 여직원과 남자 직원이 있었다.

"어서 오세요."

여직원이 인사를 했다. 남자 직원은 누군가와 전화통화를 하고 있었다. 그녀는 여직원에게 다가가

"대회 참가자로 지금 접수해도 되나요?"

하고 물었다. 여직원은 시작 십 분 전까지는 접수를 받는다는 답변을 했다. 여직원은 그녀의 이름과 주소 주민등록번호, 부를 노래 제목 등을 적고는 주부 노래자랑 대회 참가자로 그녀를 명단에 써넣었다. 그녀는 열일곱 번째로 등록이 되었다. 여직원은 17번이라는 숫자와 그녀의 이름이 적힌 접수증을 내

어주며

"꼭 1등하세요."

라고 말했다. 그녀는 쑥스러운 미소로 대답을 대신했다.

그녀는 오늘 자신이 꼭 무엇인가에 홀려있다는 생각을 했다. 노래 대회 참가는 내친김에 미친 짓을 해보자는 이상한 오기가 발동한 듯싶었다. 그리고 자신이 노래자랑에 참가하겠다는데 그것이 왜 미친 짓이 되는 가를 생각했다. 그건 그만큼 노래를 부르는데 있어서 자신이 없다는 데 있었다. 자신이 없는 정도가 아니라 음치여서 실제로 그녀는 음성 클리닉에 다니며 지도를 받은 경력까지 가지고 있었다. 그러니 자신에게는 미친 짓이고 미친 짓의 연장이라는 거였다.

음성클리닉 교실은 그녀의 집에서 차를 타고 두어 시간이 넘는 거리에 있었다. 그녀는 주 1회 하루를 소비하며 꼬박 1년을 다녔다. 그때 주위 사람들은 그녀에게 말했다.

"노래를 좀 못하는 게 무슨 흠이라고 그 멀리까지 다니며 클리닉을 받아? 차라리 식빵 하나 굽는 법을 배워 두는 게 낫잖아."

그러나 노래가 조금이라도 되는 사람들은 클리닉이 필요했던 그녀의 마음까지는 잘 몰랐을 것이다. 살다 보면 때로는 노래를 불러야 하는 기회들이 온다. 못한다며 질질 빼는 것도 정도이고 예의가 아니라는 생각이 들어 곤혹스러울 때가 많았다. 그만큼 그녀는 음치였다. 하고 싶지 않아서 또는 내숭이 필요해서 빼어보는 것과 그녀가 빼어야 하는 것과는 달랐다. 그녀는 정말 빼어야 하는 자신이 창피했고 초라했다. 그녀는 자신 있게 나서서 멋들어지게 부르는 사람들이 부러웠다. 게다가 청아한 목소리라도 튀어 나오면 그 사람의 사람됨까지 청아하게 비춰졌고 그 점 또한 억울했다. 하지만 그녀는 지금도 다장조의 라, 시, 도음 정도도 전혀 되지 않는다.

3개월 1차 수강이 끝난 다음 교사는 그녀에게 다장조의 솔음까지는 어느 정도 정복되었다고 말했다. 그러나 이후 더 이상의 진전을 보이지 못했다. 지금도 그녀는 애국가를 부르라면 '동해물과 백두산이 마르고' 까지는 그런 대로 소리가 되어 나오고 나머지는 입만 달싹인다. 당연히 리듬이 같은 2절에 가서도 '남산 위에 저 소나무 철갑을' 하고 또 입만 달싹이게 된다. 교사는 그렇게 2차 수강을 마친 그녀에게 앞으로 6개월 이상은 더 교육을 받아보라고 했다. 그러면서 그는 말했다.

"원래 제 지도 방식은 노래나 몇 곡 익혀주는 짓을 하지 않습니다. 복근이나 성대공명 등의 사용법을 수학적 원리에 따라 기술적 방법으로 가르쳐 주는 게 제 방식입니다."

그러나 3차 수강을 끝내고도 그 타령이자 교사는 그녀에게 비교적 저음의 노래라며 세 개의 곡을 지정해주며 열심히 불러 애창곡으로 쓰라고 말했다. 그녀는 가뭄에 콩싹 내밀듯 아끼며 그 세 개의 곡의 애창곡을 쓰고 있는 중이었다. 오늘 부를 노래도 그 애창곡중의 하나였다. 그것은 '찔레꽃이 피였네'라는 노래였다.

접수를 마치고 나온 그녀는 지하에 있는 매장으로 내려갔다. 그리고는 매장 안을 둘러보며 내내 '찔레꽃이 피였네'를 입 속으로 웅얼거렸다. 200여 평의 지하 매장 안엔 가전제품부터 주방용품, 각종 과일 야채 잡곡 등을 파는 식품 코너, 생선코너, 공산품과 화장품 코너까지 차려져 있었다. 그녀가 처음 들어간 곳은 가전제품과 주방용품이 진열된 곳이었다. 오픈기념으로 가전제품도 주방용품도 거의가 10~20%쯤 저렴했으며 대부분 10개월 무이자 할부 판매를 하고 있었다. 그녀는 컴퓨터 앞에서도 쭈뼛거렸고 세탁기 앞에서도 쭈뼛거렸다. 그녀의 집에 있는 컴퓨터는 아직은 쓸만하지만 십여 년 전에 나온 제품이어서 언제 수명을 다할 지 알 수 없었다. 역시 십여 년 전에 산 세탁기는 가끔씩 짤순이 역할이 되지 않을 때도 있었다. 그녀는 만약 자신이 1등 내지는 2등이 되어 대형 김치냉장고나 순금 7돈의 상품을 탄다면, 컴퓨터와 가끔씩 짤순이 역할이 되지 않는 세탁기를 교환할 수도 있을 거라는 생각을 하며 피식 웃어 보았다.

　가전제품 코너를 돌아 본 그녀는 식품 매장으로 갔다. 식품 매장 입구에서 그녀는 자기 자신에게 또 한 번 피식 웃어보았는데 그건 자신이 꾼 대단히 좋은 꿈과 참가자 전원에게 주는 흑태 2㎏이 눈앞에 어른거려서였다. 그런 후에도 그녀는 또 한 번 피식 웃었다. 그러나 이번의 웃음은 혹시 주어질지도 모른다는 기대를 가진 피식 웃음이었다. 이번 노래자랑에선 이색 발표가 있을지도 모르겠다는 생각을 했기 때문이었다. 잘 부르는 사람에게 1등이 주어지는 게 아니라 최고로 용기가 좋은 사람이 1등이 되는, 그러므로 이번 1등은 최고의 음치인 자신에게 주어질지도 모르겠다는 생각을 했기 때문이었다. 그녀는 꿈 속에 보인 지네가 초지일관 일직선으로만 덤벼들었다는 생각도 다시 해보며 한자漢字인 한 일一자의 일직선을 생각했다.

　그녀는 어느덧 흑태니 백태니 하는 곳으로 발길이 닿아 있었다. 그녀는 흑태 2㎏의 값을 보았다. 가격은 6,600원으로 찍혀있었다. 그녀는 비닐 포장이 되어 있는 흑태를 들어 올려 상태와 용량과 무게를 계산하며 또다시 피식 웃었다.

　그녀는 마지막으로 화장품 코너로 갔다. 화장품 매장 앞엔 전신을 비춰볼 수 있는 거울이 놓여 있었다. 그녀가 전신 거울 앞에 섰을 때 화장품 진열대 안쪽에 서있던 아가씨가 상냥한 미소를 보내며 인사를 했다. 그녀는 미안해하는 미소를 보냈다. 그녀의 주머니는 텅 비어 있는 상태였다. 죄송합니다. 잠깐 그냥 거울만 볼게요, 라는 미소였다. 그리고는 진열대 앞으로 가 진열된 립스틱 샘플들을 만지작거렸다.

"그래봐도 될까요?"

그녀는 물었고 아가씨는 여전히 상냥한 미소를 보내며

"네."

라는 짧은 대답을 했다. 그녀는 붉은색 립스틱을 꺼내어 진열대 위에 놓인 작은 거울을 보며 좀 짙게 색칠을 했다. 상냥한 아가씨는 때를 놓칠 수 없다는 듯

"아주 잘 어울리세요. 화사해 보이세요."

라고 말했다. 그녀는 기본적으로 정리가 되지 않은 얼굴이어서 입술만 더욱 동동 떠 보인다는 생각을 했다.

그녀는 다시 큰 거울 앞으로 갔다. 그녀는 짙게 바른 립스틱의 색깔을 바라보며 되는대로 입고 나온 의복도 무엇도 마음에 들지 않지만 어쩔 수 없다는 생각을 했다. 그때 밖에서

"노래자랑을 시작 하겠습니다."

라는 말과 함께 팡파르가 울려 퍼지고 있었다. 순간 그녀의 심장은 벌렁거렸고 팔다리가 후들후들 떨려왔다. 그런 그녀는 자신이 바보처럼 용기도 없는 사람이라고 꾸짖으며, 자신에게

최면을 걸 듯 중얼거렸다. 난 오늘 하루 미친 거야. 긴긴 인생
길에서 한번쯤 미쳐보는 것도 좋지. 재미있고 멋지게 미치겠
어. 내가 왜 떨어? 바보 같이? 이깟 걸로? 그랬어도 그녀의 팔
다리는 부들부들 떨렸다. 그녀는 후들거리는 팔다리로 마트
앞 광장으로 나갔다.

　구경나온 사람들이 광장을 에워싸고 있었다. 그녀의 팔다리
는 더욱 후들거렸다. 그녀는 후들거리는 다리에 힘을 넣으며
다시 한 번 자기 자신에게 중얼거렸다. 난 오늘 하루 미친 거
야. 긴긴 인생길에서 한번쯤 미쳐보는 것도 좋지. 재미있고 멋
지게 미치겠어. 내가 왜 떨어? 바보 같이 이깟 걸로?

　그녀는 두 다리에 힘을 꽉 주고 차례를 기다렸다. 그러면서
그냥 이대로 가버릴까를 생각했다. 그러나 어찌된 고집인지 그
녀의 두 다리는 그 자리에 그대로 버텨 서있었다. 그녀는 덜덜
떨면서도 버텨있는 자신의 두 다리를 내려다보다가 무릎 관절
을 주먹으로 툭 툭 툭 두드려대기도 했다. 그녀의 귀엔 모두 가
수 이상이었다. 그렇게 차례는 다가오고 그녀는 사람들이 분명
자신을 보고 저건 왜 나왔어? 라며 코미디의 한 장면을 보듯 웃
어버릴 거라고 생각했다. 그녀는 기권을 생각했다. 그러나 그
녀는 기권을 하지 않았다.

　드디어 그녀는 단상에 올랐다. 순간 눈앞이 빙글빙글 돌며

캄캄해졌다. 사회자가

"자신 있습니까?"

라고 물었다. 그녀는 깜깜한 눈을 뜨고 애써 태연한 척 뭐라고 인가 웅얼웅얼 대답했다. 사회자가 대신 답변해 주었으면 좋았을 텐데, 그는

"목소리를 크게 해서 한 번 더 말씀해주십시오."

라고 말했다. 그래서 그녀는 웅얼거린 것을 좀 더 소리를 크게 해서 말해야 했다.

"저는, 음치가 무엇인지를 보여 주기 위해서 나왔습니다."

그 소리를 들은 모든 사람들이 재미있다는 듯 '와~' 하고 웃었다. 그녀는 조금 용기를 얻었다. 사람들의 웃음소리 때문이 아니라, 자신은 음치가 무엇인지를 보여 주겠다고 나온 사람이 되었기 때문이었다. 그래도 그녀의 팔다리는 계속 떨리고 있었다.

반주가 나오자 그녀는 노래를 불렀다. 어떻게 부르고 있는 지도, 자기의 목소리가 마이크를 통해 밖으로 튀어나가고 있기나 하는지도 알 수 없었다. 노래가 끝나고 사회자의 말이 있었는데 그것 또한 뭐라고 하는지 들리지도 않았다. 다만 몇 사람의 웃음소리가 들려왔을 뿐이었다.

그녀는 단상에서 내려왔다. 단상에 내려온 그녀는 뜨거운

입김을 내쉬면서 발표가 나올 때까지 사람들 틈에 서있었다. 그녀의 뒤로 두세 명의 노래가 더 이어졌다. 그녀의 팔다리는 여전히 떨어댔다. 떨어대면서 그녀는 그 대단히 좋은 꿈을 생각했다. 그때 그녀는 자신이 꾼 꿈이 마음대로 다시 해석이 되고 있었다. 한마디로 김새는 해석이었다. 나는 죽을힘을 다해 커다란 지네와 싸웠다. 죽을힘을 다해. 그리고 죽을힘을 다해 노래를 불렀다. 세 구멍에서 피가 분수처럼 솟아오른 건, 마이크에 입을 대고 침을 튀기며 악을 썼을 것에 귀착이 되었다.

그녀가 혹시나 하며 기대를 했던 최고의 음치가 1등이 되는, 즉 보다 용기 있는 사람이 1등이 되는 그런 이색 발표는 주어지지 않았다. 어김없이, 그게 정당한 것이라는 듯, 실력 순으로, 1등, 2등, 3등, 4등, 5등이 가려지며 감질이 나는 발표가 진행되었고 박수갈채와 함께 시상품들이 주어졌다. 그녀의 이름은 끝내 호명되지 않았다.

시상식을 끝낸 사회자가 무대 밖으로 나가고 한 남자 직원이 강원도 산 흑태가 든 박스를 들고 나와 안에 든 물건을 단상에 쏟아 부우면서 큰 소리로 말했다.

"나머지 참가 인원께서는 한 봉지씩 들고 가세요~"

그녀는 잠시 우물쭈물 서성거리다가 냅다 튀어나가 흑태 한 봉지를 덥석 집어 들었다.

어떤 아이들

2014년 7월 8일 자정 무렵, 바다 건너 저쪽 먼 나라의 도시 주변에 있는 허름한 주택 대문 밖으로 한 남자가 주둥이가 묶인 마대자루를 들고 나왔다. 남자 뒤엔 투견장에서나 볼 수 있는 덩치가 큰 맹견 두 마리가 쫓아 나왔다. 대문 옆에도 비슷한 종류와 크기의 개 한 마리가 긴 줄에 묶여 있었다. 자루 안엔 자그마한 시체 한 구가 넣어져 있었다. 대문 밖엔 탑차 한 대가 서있었고, 탑차 옆에도 한 남자가 서있었다. 그는 담배를 피워 물고는 사방을 두리번거렸다. 마대자루를 든 남자가 대문을 나서자 담배를 피우며 두리번거리던 남자가 탑차의 트렁크에 올라가 마대자루를 받았다. 잠시 후 남자는 탑차 트렁크에서 나와 빗장을 잠궜다. 그는 운전석에 앉았고 마대자루를 들고 나온 남자는 조수석에 가 앉았다. 개들이 몇 번인가를 컹 컹 컹 짖었고 탑차는 어딘가로 사라졌다.

어디서 어떤 공식으로 성장한 개뼈다귀들인지는 모르나 그 집엔 30대 초반으로 보이는 세 명의 남자들이 기거하고 있었다. 그리고 요즘엔 세 명 중 두 사람만이 그 집에 기거했다. 셋 중 한 사람은 얼마 전 결혼을 해서 출퇴근을 했다. 방금 전에 조수석에 올라탄 남자가 그였다. 결혼한 그의 부인은, 결혼 전에도 자기 남편은 탑차 안에 여러 가지 물건들을 실어 나르며 중간상인 역할을 하고 있는 것으로 알고 있었다. 그들은 때론 이 탑차를 타고 여행도 즐기면서 연애를 했다.

언덕 위에 그림 같은 집은 정말 지어 줄 거야? 아이들은 몇 명이나 낳을까? 두 명? 세 명? 그중 하나는 대통령이 될지도 몰라.

탑차의 운전석과 조수석엔 그런 그들의 사랑인지 뭔지가 얼룩졌다.

그들은 십여 년째 이 탑차를 끌고 다니며 사업이라는 것을 하고 있었다. 이젠 그 집 지하실엔 네 명의 아이들이 남아 있다. 그들은 곧 어렵지 않게 한 명을 더 채울 것이다. 근처 아이일 수도 있고 좀 더 먼 지방에서 데리고 올 아이일 수도 있었다. 언제부턴가 그 집의 지하실엔 늘 다섯 명의 아이들이 둘러앉아 일을 했다. 일단 그곳에 들어온 아이들은 햇볕 구경을 하지 못했다. 아이들은 하얗게 병이 들고, 죽임을 당할 때까지 지하실 안에서 일을 해야 했다.

현재 시체가 되어 탑차 안에 실린 아이는 그곳으로부터 200여 km 떨어져 있는 마을에서 소를 먹이고 돼지를 키우며 몇 마리의 어미닭을 키우는 한 농가의 외아들이었다. 여느 자식들과 마찬가지로 아이도 부모에겐 특별했으며 기특했고 소중했다. 초등학교 2학년이 된 것도 특별했고 기특했고 소중했다. 숙제를 한다고 책상 위에 엎드려 있어도, 밥을 먹어도, 멸치를 잘 먹는 것도 특별했고 기특했고 소중했다. 그들 부부에겐 자식을 바라보는 것만으로도 행복했다.

그날 아이는 학교에서 돌아와 들판에 나가 메뚜기를 잡고 있었다. 그곳엔 얼마 전 새끼를 낳은 아이네 암소가 풀을 뜯고 있었다. 송아지는 아직 풀을 뜯을 줄은 몰랐다. 가끔 풀속에 고개를 내리고는 했지만 그건 어미 흉내를 내는 것뿐이었다. 어린 송아지는 어미 주위에서 음매음매 하고 맴돌며 놀았다. 아이의 손에 들려 있는 비닐봉지에는 다섯 마리의 메뚜기가 들어 있었다. 아이는 지난 봄 생일을 맞으며 집에 있는 알을 잘 낳는 닭 한 마리를 자기 것으로 정했다. 잡은 메뚜기는 자기 것으로 정한 암탉에게 줄 거였다.

"이제부터 저 닭이 낳는 계란은 다 내꺼야. 그 계란 값은 학교에다 저축할 거야."

아이의 부모는 저축한다는 말이 기특하여 그렇게 하라고 허락했다. 그 뒤 아이의 부모는 그 닭이 낳는 계란의 값을 계산해 아이에게 주었다. 아이의 암탉은 하루 한 개씩의 알을 낳았다. 그날도 아이는 자기에게 주어진 닭이 낳는 계란 값이 불어나 염소 한 마리를 살 수 있는 금액이 될 것을 생각했다. 또 그 염소는 새끼들을 낳아 송아지 한 마리를 살 수 있는 금액이 될 것을 생각했다. 송아지는 점점자라 어미 소가 되고 어미 소는 송아지들을 낳아 두 마리 세 마리 다섯 마리가 될 것을 생각했다. 그리고 그 송아지들은 다시 어미 소가 되고 또다시 송아지들을 낳아 순식간에 열 마리 스무 마리 백여 마리가 되는 꿈을 꾸고 있었다. 아이의 꿈은 어른이 되면 말을 탄 농장 주인이 되는 거였다. 아이는 늘 긴 가죽부츠를 신고 검은색 선글라스를 쓴 멋진 자신의 모습을 상상했다. 그때마다 선녀 같은 예쁜 여자를 그려보기도 했다. 선녀 같은 여자는 레이스자락이 한들거리는 긴 치마를 입고 사뿐사뿐 다가오기도 했고, 때론 자기와 똑같은 복장을 하고서 말안장에 나란히 앉아 있기도 했다.

그날도 아이는 메뚜기를 잡으며 말을 타고 있는 멋진 모습의 자신을 상상했다. 선녀의 모습으로 다가올 여자도 상상했다. 선녀와 함께 말안장 위에 나란히 앉아 있는 모습도 그렸고,

말안장 색깔들과 여러 가지들의 장식품들도 그려보았다. 그때 그 들판으로 탑차 한 대가 다가와 멈추었다. 커다란 트렁크는 물론 전체가 군청색이어서 그런지 온통 군청색 덩어리로 보이는 탑차였다. 약간 푸른 계통으로 세팅이 되어 있는 운전석 유리도 덩달아 군청색으로 보였다. 탑차는 메뚜기를 잡고 있는 아이 앞에 멈추었고, 곧 운전석의 유리가 내려졌다. 탑차 안에는 그저 평범해 보이는 젊은 두 남자가 타고 있었다. 운전석에 앉아 있는 남자는 푸른색 계통의 반팔 티셔츠를 입고 있었고 그 옆 조수석에 앉아 있는 사람은 붉은색 반팔 티셔츠를 입고 있었다. 운전석에 앉아 있는 남자가 아이를 불렀다. 그는 덩치가 커서 운전석의 공간을 꽉 채우고 앉아 있는 듯 했다. 아이는 그를 바라보았다. 다소 둥글게 보이는 살이 찐 얼굴이 차창 너머로 튀어 나와 있었다.

"네가 잡은 메뚜기 좀 보자."

"이거요?"

아이는 메뚜기가 든 비닐봉지를 들어올렸다.

"그래."

태양 볕은 조용했고 어디선가 매미소리가 들려왔다. 그때 운전석 옆쪽에 앉은 남자가 턱짓을 하며 하얗게 이빨을 드러내 놓고 웃는 모습이 보였다. 아이는 왠지 섬뜩한 기분이 들었지만 그들이 요구하는 대로 메뚜기를 잡아넣은 비닐 봉투를 들고 다가갔다. 아이는 다시 한 번 봉투를 들어 올려 메뚜기들을 보였다. 이빨을 드러내놓고 웃던 남자는 운전석에 앉은 남자보다는 키가 좀 더 커 보였고 덩치가 작아서인지 후리후리한 모습을 하고 있었다. 아이가 다가오자 그는 아이를 바라보며 여유 있고 부드러운 미소를 보냈다. 아이는 그의 부드러운 미소를 보고 조금은 안도했다.

"강단이 있어 보여."

조수석에 앉은 남자가 말했다. 그리고 그들은 재빨리 차 안에서 내렸다. 그들의 손놀림은 너무나도 빨랐다. 아이는 소리 한 번 지를 사이도 없이 입에 재갈이 물렸고 검은 테이프가 붙여졌다. 순식간에 손과 발이 묶였고 눈 위에는 붕대가 감겼다. 아이는 빈 박스들과 온갖 허접 쓰레기로 가득 찬 탑차 트렁크 안쪽에 있는 붉은 고무통 안에 넣어졌다. 정말로 순식간의 일이었다. 아이는 비좁은 고무통 안에서 내내 웅크리고 있어야 했다. 탑차는 어딘가로 달려가고 있었다. 아이는 속수무책으로 그렇게 끌려왔다. 그날 그 마을에선 아무도 그 낯선 탑차를 목격한 사람이 없었다. 그냥 그날도 무심한 듯 하루가 흘러갔고, 아이 하나가 그렇게 감쪽같이 사라졌을 뿐이었다.

차는 멈추고 달리기를 반복했다. 아이는 어둠과 공포 속에서 발버둥을 해보았다. 비좁은 고무통 또한 단단히 못질이라도 해놓은 듯 꼼짝을 하지 않았다. 탑차는 그렇게 한동안을 달렸다. 그리고 멈추었다.

아이는 몇 번인가 개 짖는 소리를 들었다. 트렁크의 빗장을 여는 소리와 철재대문이 열리고 있는 소리도 들려왔다. 이어서 아이가 담긴 고무통이 들려졌고, 더 이상 개 짖는 소리는 들려오지 않았다. 아이는 어딘가로 옮겨지고 있었다. 그때 아이를 데리고 온 두 사람과 다른 한 사람의 목소리가 들려왔다. 다른 한 사람의 목소리가 어디까지 다녀왔느냐는 것과 길은 막히지 않았냐는 질문을 했다. 그러자 운전석에 앉아 있던 남자의 목소리가 아이의 고향을 말했고 조수석에 앉아 있던 남자가 국도를 탔다는 이야기와 아직은 본격적인 휴가철이 아니어서 도로 사정은 그다지 복잡하지는 않았다는 말을 했다. 자물쇠를 따는 소리와 철재대문이 열리는 소리가 다시 들려왔다. 아이는 어딘가로 내려지고 있었다. 또 한 번 자물쇠를 따는 소리와 철재문이 열리는 소리가 들려왔다. 아이는 또 어딘가로 깊숙이 내려가고 있었다. 그리고도 빗장소리가 한 번 더 들렸고 이번에는 육중한 철재문이 열리는 소리가 들려왔다. 그곳은 지하 깊숙이 만들어 놓은 두어 평 넓이의 콘크리트 방이었다. 아이는 그곳에서 물건처럼 부어졌다. 그리고는 입에 붙인 검은 테이프와 재갈이 풀렸고 눈을 가린 붕대와 묶인 손발이 풀려졌다.

아이는 한동안 처음 묶여진 모습 그대로 웅크리고 앉아 있어야 했다. 온몸이 굳어진 듯 움직일 수가 없었다. 천정엔 백열등 하나가 빛을 뿜어댔다. 그 아래엔 동그랗게 모여 앉은 작은 형체들의 움직임이 눈에 들어왔다. 잠시 후 잔뜩 겁을 먹은 아이는 백열등 불빛에 부신 눈을 비벼댔다. 시야가 회복되자 아이는 우선 자기를 데리고 온 두 사람을 바라보았다. 역시 한 사람이 더 있었다. 그는 다소 작고 땅딸해 보이는 체격을 하고 있었는데 검은 뿔테 안경을 쓰고 흰 반소매 와이셔츠와 정장바지를 입고 있는 모습이 꼭 학교선생님 같이도 보였다. 백열등 아래에서는 웃옷이 벗겨진 아이들이 모두 삭발을 한 채 유령처럼 앉아서 부지런한 손놀림으로 양파 껍질을 벗기고 있었다. 방구석 한쪽엔 아이가 담겨온 고무통 보다 좀 작은 고무통 하나가 뚜껑이 덮여져 놓여 있었고 그 위엔 두루마리 휴지 하나가 올려져 있었다. 빛을 뿜는 백열등 양옆으로는 직경 20센티 정도 크기의 구멍 두 개가 뚫려 있었다. 그뿐 방 안엔 벽시계나 달력 하나 걸려 있지 않았다. 아이들은 무척이나 긴장을 하고 있는 모습을 보였다. 그들을 고개를 들어 낯선 아이를 바라보지도 않았다. 아이는 자기를 데리고 온 두 사람과 낯선 한 사람의 모습을 다시 한 번 바라보았다. 그러자 그들 셋은 모두 두 눈을 부릅뜨고 아이를 쳐다보았다. 아이는 영문을 몰라 쭈뼛거렸다. 그때 뿔테 안경의 남자가 아이를 부축하듯 세워놓았고 조수석에 앉아 있던 남자가 아이의 옷을 벗겼다. 아이도 그곳 아이들과 똑 같이 웃옷이 벗겨진 모습이 되었다. 이어 운전석에 앉아 있던 덩치 큰 남자가 바닥을 쿵쿵 치며 위압적인 목소리로 말했다.

"넌 여기 앉아. 넌 다시 2번이다."

아이들은 조금씩 자리를 비켜 앉았고, 아이는 영문을 몰라 잠시 더 쭈뼛거렸다.

"뭐해 인마, 귓구멍이 막혔나. 여기 앉으라고 했잖아."

아이가 쭈뼛거리자 조수석에 앉아 있던 후리후리한 모습의 남자가 그렇게 윽박지르듯 소리쳤다. 아이는 비실비실 자리에 가 앉았다.

"또 한 놈 들어왔으니 꾀부리는 놈은 조만간 한 놈 또 죽어나간다."

라고 말한 사람은 작고 땅딸해 보이는 뿔테 안경의 남자였다. 그리고는 막 자리에 앉은 아이의 궁둥이를 냅다 걸어차며 말했다.

"뭐해 인마, 눈깔로 안보여. 빨리 까지 않고."

아이가 양파에 손을 대자 그는 밖으로 나갔고 운전석에 앉왔던 덩치 큰 남자가 말했다.

"우리는 한 시간이 지난 후에 들어온다. 그때까지 다 까도록."

그들은 다시 철문을 열고 밖으로 나갔다. 밖으로 나가면서 조수석에 앉았던 남자는 말했다.

"한 이삼 년은 거뜬히 버텨 줄 것 같지?"

이어서 뿔테 안경의 남자가 보자기와 바리캉을 들고 왔다. 그는 아이의 목에 보자기를 두르고 머리를 깎았다. 아이의 머리털은 한 뭉텅이씩 보자기 위로 떨어졌다. 아이는 눈을 감았다. 그리고 머리털이 북북 잘려나가는 소리를 들으며 눈물을 흘렸다. 아이는 눈물을 흘리며 이곳에서 곧 탈출이라도 하게 될 것을 생각했다. 조만간 경찰들이 와 주고 엄마 아빠가 와 줄 것을 생각했다. 마지막으로 정수리 부분을 깎아내고 그는 날카로운 목소리로 말했다.

"이 새끼 죽으려고 우네. 확 차 버린다."

머리를 깎은 그가 나가고 다시 빗장이 걸리는 소리가 들렸다. 그때서야 아이들은 다시 들어온 아이를 쳐다보았고, 아이도 아이들을 하나하나 살피듯 바라보았다. 아이들은 모두 땟국에 절은 얼굴들이었지만 모두들 섬뜩하도록 하얗고 핼쑥한 모습을 하고 있었다. 아이는 그들의 모습이 이미 이 세상 사람들의 모습이 아니라는 생각이 들었다. 아이의 눈엔 모두 퀭한 눈의 유령들이 허깨비들처럼 앉아 있는 듯 보였다.

한 아이가 소곤거리듯 작은 목소리로 아이에게 물었다.

"오늘이 몇 월 며칠이야?"

아이는 대답했다.

"7월 12일."

"몇 년도 인데?"

다른 아이가 물었다.

"2012년."

하고 아이는 대답했고, 이제 아이는 그들에게 질문했다.

"여기가 어디야? 너희들은 왜 여기 있는데?"

그러자 지금이 몇 년도 인가를 물었던 아이가 대답했다.

"우리도 여기가 어딘지 몰라. 너처럼 끌려왔어. 죽지 않으려면 열심히 일을 해야 해."

"그럼 집에는?"

아이는 다시 물었다.

"그 자리에 앉았던 2번 아이도 엊그제 자루에 담겨져 나갔어. 아프다고 했는데 저 사람들은 꾀를 부린다고 그랬어."

"자루에 담겨지면 죽는 거야?"

"응, 저들이 어딘가에 묻어버린대."

"그럼 집에도 못가고 여기서 일만 하다가 그렇게 죽는 거
야?"

아이가 다시 묻자 이번에는 반대편에 앉은 다른 아이가 말
했다.

"죽기 전에 우린 여기서 탈출을 해야 돼."

그렇게 다시 들어온 아이는 2번이 되었고, 2번으로 호칭이
되었다. 2번 아이의 왼쪽 옆에 앉은 아이가 3번이었고 오른쪽
이 1번이었다. 3번 옆에는 4번이었고 4번 옆에는 5번이었다.

"2012년 7월 12일이면 난 2년을 막 넘겼어. 내 이름은 엔푸
지야. 엔. 푸. 지. 이곳에선 이름을 절대 부르면 안 돼. 그냥 번
호로 불러야 돼. 이름은 우리들끼리만 사용하는 거야. 내가 들
어왔을 때 있던 아이들은 모두 자루에 담겨져 나갔고 5번 하고
나만 남았어."

그렇게 말한 아이는 2번의 좌측에 앉은 3번이었다. 2년이
넘었다는 5번은 3번 보다 두어 달이 빨랐다고 말했다. 3번이
다시 말을 이었다.

"전에 1번 자리에 앉았던 아이는 처음엔 안 그랬는데 언제
부턴가 해죽해죽 웃었어. 해죽해죽 웃다가 가끔씩 경찰이 온
다고 하기도 하고 자기 아버지가 오고 있다고 중얼거리기도
했어. 그 애의 아버지는 경찰관이었대. 그래서 자루에 담겨졌

어."

3번의 말이 끝나자 5번이 말했다.

"전에 1번은 그렇게 오락가락한다고 그랬고 전에 4번과 2번
은 자주 배가 아프다고 했어. 그래서 자루에 담겨졌어. 하지만
그들이 자루에 담을 땐 항상 꾀를 부렸다는 이유를 대. 내 이름
은 슈아얀. 슈. 아. 얀.

5번 슈아얀이 이야기를 하는 동안에 3번 엔푸지가 구석에
놓인 고무통의 뚜껑을 열고 서서 소변을 보았다.

내 이름은 포텐스야. 포. 텐. 스.

다시 2번이 된 아이도 이름을 말했다. 그리고 그들처럼 이름
을 한자씩 떼어 다시 또박또박 말했다. 누군가가 살아 돌아간
다면 자기의 소식을 알릴 뜻으로 아이들은 그렇게 이름을 말하
고 있었다.

그쯤 이야기를 나누었을 때 밖에서 기척이 들렸다. 그리고
는 작고 땅딸한 남자와 운전석에 앉았던 남자가 들어왔다. 그
들은 각각 박스 한 개씩을 들고 있었다. 껍질을 벗기지 않은 양
파였다. 또 한 번 그들은 매서운 눈초리로 아이들을 바라보았
고 벗기지 않은 양파를 쏟아 놓고 벗겨 정리한 양파와 껍질들
을 가지고 나가면서 한 시간 후에 다시 들어오겠다고 말했다.
그들이 나가자 부지런한 손놀림 속에서 3번이 다시 말을 이었

다.

"우리 집은 이 근처야. 내가 여기 있는 줄도 모르고 지금도 엄마와 아빠 누나는 나를 찾고 있을 거야."

3번 엔푸지는 그날 엄마 심부름으로 소화제를 사러 약국에 다녀오다가 탑차에 실려왔다고 했다. 저녁 아홉 시경, 3번은 아빠와 TV를 보고 있었다. 누나가 배가 아프다고 말했고, 엄마가 약국에 다녀오라고 심부름을 시켰다고 했다. 3번은 소화제를 사가지고 오던 중이었다. 약국은 그가 살고 있던 주택지를 나와서 작은 골목시장을 지나면 있었다. 다시 골목시장으로 해서 주택지로 들어와 세 번째 집이 아이의 집이었다. 3번은 골목시장이 끝나는 주택가 앞에 탑차 한 대가 서있는 걸 보았다. 아이는 아무런 생각 없이 탑차 옆을 지났다. 그때 탑차의 유리창이 내려지며 한 남자가 근처에 있는 전철역으로 가는 위치를 물었다. 그 위치를 잘 알고 있는 아이는 '200미터 정도를 쭉 내려가다가 사거리에서 오른쪽으로 꺾어지면'이라는 답변을 해주다가 변을 당했다고 말했다. 골목시장 쪽엔 여러 사람들이 보였지만 골목시장이 끝나고 주택가로 이어지는 그곳엔 그때 한 사람도 보이지 않았다. 초등학교 1학년을 다니던 아이는 바로 집 앞이라고 할 수 있는 곳에서 순식간에 입에 재갈이 물렸고 테이프가 붙여졌으며 붕대로 눈이 가려진 채 손발이 묶여 이곳으로 끌려왔다고 말했다.

"우리 집에서 여기는 멀지 않아. 이 근처에는 산이 있어. 여기서 조금만 내려가면 그 골목시장이 있고, 그곳에서 곧장 1km 정도를 더 내려가면 경찰서가 있어. 이곳은 가끔씩 친구들과 놀러오던 장소야. 잘 알 것 같아."

1번은 들어온 지가 6개월 정도가 되었고 바다가 있는 마을에서 산다고 했다.

"내 이름은 드뤼셀이야. 드. 뤼. 셀. 아침에 일어나면 게들이 안마당까지 들어와 있을 때도 있었어."

1번 아이의 부모는 바닷가에서 횟집을 운영하고 있다고 했다.

"학교 수업이 끝나면 형과 나는 두세 군데의 학원을 돌아야 했어. 엄마 아빠가 늘 바쁘다고 그렇게 하게 했어."

1번은 두 살이 많은 형과 같은 학원을 다녔지만, 수업이 끝나는 시간은 늘 약간의 차이가 있었다. 학년이 다르니 공부하는 교실도 교사도 달랐기 때문이었다. 부모들은 귀가를 함께 하길 희망했지만 그들은 대부분 끝나는 대로 각자 집으로 돌아왔다. 귀가는 오후 여덟 시 즈음에 이루어졌는데 여름이라서 그리 어둡지는 않았다. 길가에 탑차 한 대가 멈추어서며 아이에게 길을 물었다. 근처 버스 정류장이 어디인지를 묻는 단순한 것이었다. 그들의 수법은 그랬다. 한적한 장소에 홀로 있는 아이에게 간단한 무엇인가를 묻는 것, 그리고 한적한 것을 인식하며 아이들을 유괴했다. 아이가 다가오자 근처 해변의 상태에 대해 다시 물었다. 바다수영이 가능한 장소가 있느냐는 것과 낚시 손님은 어느 정도냐는 거였다. 1번은 아는 대로 대답했다.

"손님들은 그냥 낚시만 해요. 가끔 바닷가에서 수영을 하는 사람들도 있는데 여긴 백사장이 없어요."

그리고 탑차에 실려졌다.

그들은 양파를 까고 마늘을 까고 감자를 깠다. 생강 껍질을 벗겼고 또 이런저런 껍질들을 벗겼다. 2번 포텐스는 가끔씩 알을 잘 낳는 자기 암탉을 이야기 했다.

"엄마는 계속해서 알 값을 계산해 저축해 놓을 거야. 여기서 나가면 그 돈으로 꼭 염소를 사야지. 그 염소가 커서 새끼를 낳으면 모두 팔아서 송아지를 살 거야."

일은 계속 되었다. 밤과 낮이 따로 없었다. 필요한 양의 작업이 마무리 되면 잠잘 시간이 주어졌다. 천정에 뚫린 두 개의 구멍으로는 햇볕이 보이지도 않았다. 그곳으로부터는 낮과 밤을 감지할 수도 없었다. 세끼 식사는 그런대로 때를 맞춰 들어오는 것 같았다. 대부분 이런저런 국물에 밥이 말아져 들어오

는 것들이었고 대소변은 귀퉁이에 놓인 고무통에다 했다. 고무
통 안의 이물은 그들에 의해 하루 한차례씩 치워졌다. 가끔씩
젊은 남자들의 감시하에 안마당으로 올라가서 목욕을 했다. 목
욕은 봄부터 여름철과 이른 가을철까지만 이루어졌고 늘 한밤
중에 이루어졌다. 그들은 목욕시간을 10분을 넘기지 않게 했
다. 그 외 운동시간이라는 것이 주워졌는데 시간은 일정하게
주어지지 않았고 가끔씩 방 안에서 국민체조 정도를 하게 했
다. 그리고 종종 손이 느리다는 이유로 토끼뜀뛰기와 원산폭격
등을 시키며 온갖 협박과 악담을 퍼부었다.

"처먹은 것만큼 일해라. 니들이 처먹은 것만큼 일을 하지 않
으면 그대로 몽땅 자루에 담아 묻어 버리는 수가 있다. 묻어 버
린 다음에는 두껍게 콘크리트를 입히고 100년 200년을 버틸
수 있는 건물을 지어 놓을 거다."

들어 온 지 1년이 넘어가고 있다는 4번은 또래 아이치고 아
는 게 많았다. 초등학교 3학년이었다는 4번 아이는 탑차에 태
워지고 30분 정도를 달려왔다고 말했다.

"내 이름은 드랑퍼야. 드. 랑. 퍼. 우리 아버지는 대학에서
강의를 하셔. 그리고 여긴 꼭 아우슈비츠야."

4번은 아우슈비츠에 대해 말했다. 세계 2차 대전이 있었고
나치즘이 어떻고 파시즘이 어떻고 유태인이 어떻고 독일군이

어떻고 로마가 어땠고……. 뿐만 아니라 4번은 스포츠에 대해서도 잘 알고 있는 것 같았다. 미국 야구가 어떻고 독일 야구가 어떻고 4번의 꿈은 아나운서가 되는 것이라고 말했다.

"내 꿈은 아나운서가 되는 거야. 아홉 시 뉴스를 하는 사람 말이야."

그런 4번은 늘 탈출하는 계획을 말했다.

"목욕을 시키느라고 옷을 다 벗겨 버렸으면 어때. 기회가 되면 튀어나가는 거야. 또 기회가 주어지면 소리를 지르는 거야. 여기서 더 버티다 죽는 것 보다는 낫잖아. 튀어나가게 되면 누구라도 먼저 경찰에 신고를 해야 돼. 경찰서는 3번 엔푸지가 말한 대로 아래로 1km 쯤 뛰어가면 있다니까. 하지만 꼭 경찰서로 가야 되는 것도 아니고 시간이 여의치 않으면, 알았지? 그냥 사람들을 향해 큰소리로 도움을 청해. 발가벗은 아이가 도움을 청하는데 아무도 그냥 무심해버리지는 않을 거야. 여기는 도시에서 조금 벗어난 변두리이고 조금만 뛰어 내려가면 또 골목시장이 있다니까 한밤중이라도 사람들의 왕래는 있을 거야. 곧 사람들이 몰려들 거야. 기회는 마당에 나가 목욕할 수 있는 봄부터 가을까지야. 거리가 한산해도 목숨을 걸고 소리를 치면 누군가는 목소리를 들을 수 있을 거야. 개가 짖어도 겁내지 말고 무작정 뛰는 거야. 그렇지 못하면 어차피 우린 여기서 죽게 될 거야."

5번 슈아얀은 지방의 중소도시에서 왔다. 초등학교 2학년이 된 5번은 학교에서 역도선수로 발탁이 되었다. 슈아얀은 어려서부터 체력조건이 좋았다. 주위에선 어떤 종목을 택하더라도 장래 올림픽 금메달감이라는 말을 했었다. 5번이 다섯 살이 되었을 때는 이미 자기보다는 두세 살이 많은 형들과 같은 체격을 유지하고 있었고 초등학교에 입학했을 땐 2, 3학년의 선배들과 체격이 비슷했다. 하지만 이곳에 들어온 지 2년이 조금 넘었다는 5번은 그런 체력 조건이 있었고 역도선수로 발탁이 되었다는 여러 정황들을 찾아볼 수가 없었다. 5번 역시 다른 애들과 마찬가지로 갈비뼈가 보이고 연약해 보이기만 하는 아동에 불과해 보였다.

"운동회 때 달리기 선수를 했어. 학급 대표는 물론 학년 대표로 나가 선배들과 달리기도 했어."

그런 5번은 기타도 잘 친다고 했다. 아이들이 피아노는 조금씩 배웠다는 말은 했지만 5번처럼 기타도 잘 친다고 말한 아이는 없었다. 5번은 가끔씩 기타를 치는 흉내를 냈다. 흉내를 낼 땐 자기의 갈비뼈에 손가락을 대고 기타 줄을 튕기는 흉내를 냈다.

"이것이 디 마이나야. 에이훠는 이렇게 잡는 거야."

5번의 꿈은 역도선수가 되어서 올림픽에 나가 금메달을 따고, 다음엔 TV도 가끔씩 나가며 부모에게 효도하면서 사는 것이라고 했다.

5번도 늘 탈출을 말했고 탈출을 계획했다. 하지만 삼중 사중으로 단단히 무장된 지하에선 밖에 누가 왔다 가는지 조차 알 수 없었다. 아이들은 목욕이 있는 날만 기다렸다. 하지만 목욕날도 마찬가지였다. 그럴만한 조금의 기회도 주어지지 않았지만 담장은 아이들이 오르기엔 너무 높았고 목줄을 길게 매달아 놓은 개와 줄에 묶여 있지 않은 두 마리의 개가 주인의 명령만을 기다리고 있는 듯한 자세로 앉아 지켜보고 있기도 했다. 목욕하는 날 다 함께 목청껏 외치자는 의견도 있었다. 그 계획도 계획으로만 끝났다. 아이들은 감히 입을 열어 소리칠 엄두도 못 냈다. 목욕을 하는 시간을 줄 땐 항상 캄캄한 밤이었고 세 명의 젊은 남자들이 모두 참석했다. 한 사람은 담장 밖에 서 있었고 두 사람은 야구 방망이들 들고 서슬이 퍼런 모습으로 주위를 어슬렁거렸다. 그래도 아이들은 늘 탈출을 말했다. 그들은, 누군가가 맹장이 터져버린들 꿈적도 않을 것을 아이들은 알고 있었다. 그들에겐 아이들의 죽음이 두려울 것 없었다. 다시 건강하고 싱싱한 아이로 채워 넣으면 될 것이기 때문이었다.

탈출은 계획뿐인 것처럼 계속 세월만 흘러갔다. 국밥이 들어오고 양파를 까고 감자를 까고 생강껍질을 벗겼다. 소등이 되면 잠을 잤다. 다시 국밥이 들어오고 이런저런 껍질들을 벗겼고 가끔씩 한밤중에 불려나가 목욕을 했다.

2번 아이가 들어오고 3개월 쯤 지났을 때 3번 아이가 감기에 걸렸다. 근처에 살고 있다던 엔푸지라는 아이였다. 3번은 이틀 정도 열을 끓이며 기침을 심하게 했다. 그러면서도 안간힘을 하며 열심히 일을 했다. 결국 탈진 상태를 보이자 그들은 3번이 꾀를 부려서 전체의 능률이 오르지 않는다며 자루에 담았다.

자루에 담기기 전에 3번은 죽지 않으려고 발버둥을 했다. 3번은 탈진된 몸을 일으켜 비좁은 방안을 정신없이 도망 다녔다. 그리고는 그들 앞에 무릎을 꿇고 앉아 일을 더욱 열심히 하겠다며 두 손을 빌어댔다. 하지만 그들을 그런 3번을 가차 없이 짓밟았고 기절한 듯 늘어지자 자루에 담았다. 3번 아이가 담겨져 나가자 남은 아이들은 탈출 계획에 좀 더 열을 올렸으나 역시 그저 세월이 흘러갈 뿐이었다. 3번의 자리는 일주일이 지나지 않아 다시 채워졌다. 다시 채워진 아이도 멀지 않은 곳에서 왔다고 말했다.

"내 이름은 취이히야. 취. 이. 히. 차를 타고 30분쯤 달려 왔을 거야."

2번과 같은 한낮이었고 비록 그때 주위에 목격자는 없는 듯했으나 우연처럼 누군가가 자기를 납치한, 왠지 낯설게 보이는 이상한 느낌의 탑차를 카메라 혹은 핸드폰에 담아 두었을지도 모르겠다는 말을 했다. 그 말에 아이들은 한동안 희망을 가졌다. 하지만 세월은 여전히 그대로 흘러갔다. 3번의 일이 있고 6개월쯤 지난 다음에는 4번이 3번과 똑같은 증세를 보였다. 4번은 3일쯤 앓다가 탈진해 쓰러졌다. 저녁 아홉 시 뉴스를 하는 아나운서가 꿈이라던 아이였다. 4번도 자루에 담겨 밖으로 나갔다. 4번이 죽자 이번에는 바로 다음 날 새로운 아이가 들어왔다.

"내 이름은 누시마야. 누. 시. 마. 차를 타고 한 시간쯤을 달려왔어."

새로 들어온 4번 아이는 초등학교 5학년 학생이었고 피아노 경연대회에 참석하기 위해 집을 나섰다가 비슷한 방향으로 지나가는 탑차를 보고 스스로 손을 들어 태워줄 것을 요구했다고 말했다.

"버스를 타고 20여 분만 가면 되었지만 어쩌다 보니 시간도 늦어 있었고 버스 정류장까지 가기도 귀찮았어."

그들은 흔쾌히 승낙했고 조수석 옆에 끼듯 앉게 되었다고 했다. 차는 원하는 장소에서 멈추지 않고 조금을 더 달렸고 비교적 한적한 장소에 이르러서는 아이에게 재갈을 물리고 붕대로 눈을 가렸으며 손발을 묶었다고 말했다. 그렇게 다시 들어온 4번은 다시 채워진 3번의 취이히와 같은 말을 했다. 누군가가 우연처럼 핸드폰으로든 사진을 찍어 두었을지도 모른다는 이야기였다. 게다가 4번은 한술 더 떠 그곳이 한적한 곳이어서, 그래서도 더욱 감시카메라라는 것이 설치되어 있었을 수도 있다는 이야기를 했다. 경찰과 부모는 분명 그날 그 시간대의 자기의 행동반경일 주위 일대를 수색할 것이라는 거였다. 다시 들어온 4번의 말에 아이들은 또 한 번 희망을 가졌다. 하지만 결국 또 한 번의 세월도 그대로 흘러가버렸다.

4번이 새로 들어오고 8개월쯤 지난 다음엔 늘 탈출계획을 말하던 5번이 약간의 탈진 증세를 보였다. 5번은 다른 아이들과 좀 달랐다. 약간의 탈진 증세를 보인 5번은 곧 닥쳐올 죽음을 예견하고 그들 앞에 당당히 서서 큰소리로 말했다.

"나는, 아니 누구도, 너희 것들에게 죽임을 당할 이유가 없어. 그리고 여기서 내가 죽으면 천추의 한을 품고 죽은 거다. 나는 반드시 귀신이라도 되어서 복수할 거야."

5번은 시퍼렇게 눈을 부라리며 어른 같은 말로 그들에게 소리쳤다. 그러자 그들은 5번을 가차 없이 짓밟아 놓았고 아이가 쓰러지자 자루에 담았다. 그 후 6개월이 더 흐른 뒤 2번 포텐스가 심한 몸살기를 보이며 이상해졌다. 2번은 정신이 오락가락하는 듯한 모습으로 횡설수설하듯 중얼거렸다. 중얼중얼 하다가 히죽히죽 웃기도 했고 큰 소리로 웃기도 했다.

"난 절대로 죽고 싶지 않아. 나는 절대로 죽지 않아. 내 농장이 얼마나 큰지 알아? 내 닭이 낳은 계란으로 염소를 사고 송아지를 사야 돼. 송아지는 어미 소가 될 테고 어미 소는 염소가 될 거야. 염소. 염소는 송아지야. 그리고 선녀야……"

어쩜, 대단히 좋은 날

산, 산이 있다. 계곡이 있고 계곡물이
흐른다. 계곡의 물은 흐르다가 마르다가를 반복한다. 장마가
지면 홍수가 난 듯 흐르다가 날이 가물면 바싹 마른다. 바싹 마
른 바닥은 한 달 두 달 석 달까지도 계속된다. 바싹 마른 바닥
에 물이 보이면 작은 물고기들이 떼지어 돌아다닌다. 금세 돌
아다닌다.

알 수 없는 일이야.

사람들은 그렇게 말한다. 산과 계곡이 끝나는 아래쪽엔 똑
같은 모양의 다세대 주택들이 담장을 끼고 빽빽이 늘어서 있
다. 지은 지 삼십여 해가 다 되어가는 주택들은 겉보기에도 많
이 낡아 보인다.

담장을 모두 제거한다면 꽤 큰 대지야. 게다가 2층, 높아야

3층밖에는 안 올라갔어.

요제나 조제나 개발의 여지를 기다리는 주민들은 그렇게 말한다.

그곳 한 주택의 2층 창문에서 삼십대 중반의 여자가 지역정보신문을 들척이면서 봄볕 가득한 사거리 쪽을 바라보고 있었다. 커트머리를 한 자그마한 체구의 여자였다. 사거리엔 키가 크고 빼빼마른 이십대 후반 정도의 남자가 지나갔다. 그는 늘 길게 기른 머리를 치렁치렁 흔들면서 걸어 다녔다. 오토바이를 탄 남자가 지나갔고 초등학생으로 보이는 두 여자애들이 연초록색 새장을 들고 새들처럼 재잘거리며 지나갔다. 창가 아래쪽에선 유모차에 태워진 아기가 옹알옹알 옹알이를 하고 있었다. 잘 우는 아기다. 작년 크리스마스 즈음에 태어난 아기는 겨우내 응애응애 울다가 요즘엔 제법 빽빽 울었다. 스물다섯 정도. 요즘 아기 엄마치고는 많이 젊은 엄마는 가끔 우는 아기에게 소리를 질렀다.

그만 좀 해.

그만 좀 해.

그 목소리는 아이에 대한 불평보다는 주위 사람들에게 신경을 쓰고 있다는 것을 알리기 위함이라는 것을 알게 한다. 아기 엄마가 유모차를 밀면서 무슨 자장가 같은 것을 흥얼거리고 있었다.

여자는 다시 지역정보신문으로 눈길을 주었다. 아이를 초등
학교에 입학시킨 여자는 요즘 뭔가를 하고 싶어 했다. 시간제
일자리라도 없을까? 이것저것 살펴 본 여자는 정보신문 하단
에 눈길을 주었다. 하단에는 각각 띠 별로 풀이된 오늘의 운세
와 오늘의 뉴스가 나란히 소개되어 있었다. 그녀는 오늘의 운
세를 보고 오늘의 뉴스를 읽었다. 그녀의 오늘의 운세는 몸과
마음이 편안한 좋은 날이 될 수도 있고 반대로 안 좋은 날이 될
수도 있다는 애매한 이야기가 쓰여 있었다. 오늘의 뉴스엔 현
재 우리나라에서 100세 이상의 천수를 누리는 노인이 1,840여
명으로 5년 전에 비해 두 배가 늘었다는 것과 그 이유로는 당
연히 의학의 발달을 들었다. 음주 흡연을 삼가하고 소식과 낙
천적인 생각을 갖는 것이 장수의 비결이라는 또한 당연한 이야
기가 된 말이 소개되어 있었다.

그녀는 잠시 무기력한 듯 서있다가 신문 상단 위의 빈 공간
에 낙서하듯 끼적였다. 라면 다섯 개, 갈치 두 마리, 애호박, 북
어포. 여자는 시장에 가서 사야 할 것을 적어 놓았다. 잠시 후
여자는 골목길로 해서 시장 쪽으로 발길을 돌렸다.

골목길 양편엔 이런저런 가게들이 쭉 늘어서 있다. 영림이
네 분식점, 휘파람 식당, 목천 닭갈비, 그 외 무슨 횟집, 대폿집

주점하는 가게들과 찻집, 노래방 등이 늘어 서있었고 골목 끝에는 그 일대를 독점하고 있는 철물점이 있다. 그 철물점을 지나면 큰길 사거리가 나온다. 큰길 사거리의 신호등을 건너 300미터 정도를 걸어 내려가면 그녀가 다니는 땅콩시장이 있다. 10여 년 전만해도 그곳은 땅콩을 심은 땅콩 밭이었다. 그리고 그 일대에 아파트가 들어서고 많은 사람들이 살게 되자 땅콩 밭이었던 곳은 자연스럽게 시장이 형성되었다. 그래서 사람들이 그 시장을 땅콩시장이라고 불렀다.

영림이네 분식점 앞에는 꽃게를 실은 트럭이 멈춰서 있었다. 몇 명 주부들이 와자하게 떠들며 꽃게를 고르고 흥정했다. 육십 정도를 바라보는 나이에 머리를 길게 기른 한 여자는 많이 샀으니 다리가 떨어진 못생긴 수놈이라도 한 마리만 더 줄 것을 말했다. 꽃게를 실은 트럭과 그녀들 옆으로 등산복 차림의 남자가 지나갔다. 얼굴색이 꽃게 등짝만큼이나 붉고 알코올 중독자들에게 보이는 딸기코를 가진 칠십대 남자였다. 그는 꽃게 트럭 안에 풀어놓은 꽃게들의 크기나 상태를 슬쩍슬쩍 살피며 지나갔다. 꽃게들은 만사가 피곤하다는 듯 살살 손사래를 치며 조용히 누워있었다. 상인은 고개를 흔들었다.

지금 순전히 밑지고 파는 겁니다. 열 마리를 팔아야 한 마리 값이 남는데 인건비는 고사하고 까딱하면 기름 값도 못 건져요.

영림이네 분식점 안에서는 영림이 엄마가 거울을 당겨 놓고 얼굴을 비춰보고 있었다. 광대뼈가 튀어 나온 넙데데한 얼굴에 짧게 자른 파머머리를 했다. 높지 않은 코, 얇은 입술의 작은 입. 그녀는 턱을 들고 턱 주변을 바라보았다. 오른쪽 입꼬리 아래에 뾰두라지 하나가 돋아나 있었다. 그녀의 입꼬리 아래쪽엔 좌우를 번갈아가며 검정 콩 크기 만큼한 뾰두라지가 하나씩 돋아났다. 영원히 죽지 않는 씨앗들이 심겨진 양 돋아나고, 한 번 돋아났다 하면 깔짝깔짝 성을 돋우지 않아도, 좋다는 약을 써 보아도 무조건인 듯 제 수명을 다하고 사라졌다. 그 이유로 그 부분이 살짝살짝 곰보가 되어 있었다.

작년 이맘때쯤 영림이네 분식점을 오픈하고 얼마 되지 않았을 때였다. 골목길이 크게 한 번 시끄러웠다. 그녀와 이혼한 영림이 아빠가 망치를 들고 찾아와 일곱 개의 식탁 중 두 개를 부수고 벽에 박아 놓은 쇠못 몇 개를 쳐서 비틀어 놓았다. 그리고는 식당 문 손잡이를 부수다 유리창을 깨어지게 했다. 시끄러운 소리에 사람들이 몰려들었다. 영림이 엄마와 이혼한 남편이 서로 삿대질을 해가며 싸웠다.

그래, 다 부셔라 네가 설치해 놓은 것 다부수어 치사한 놈아.

영림이 엄마가 소리쳤다.

내가 해 놓은 것을 부수어 놓겠다는데 뭐가 치사해 닭똥집처럼 질긴 년.

영림이 아빠는 그렇게 대꾸를 했다. 그러자 영림이 엄마는 벽에 걸린 큼직한 액자를 가리키며 말했다.

벽에 걸린 백두산 사진도 네놈이 사 걸었잖아.

영림이 아빠는 그제야 생각이 난 듯 다가가 망치로 쳐서 액자를 부숴 놓았다. 영림이 엄마는 밴댕이 속알딱지가 어떠니 저떠니를 떠들다가,

미련한 놈이 그래도 미련이 남아서 왔지?

라며 아랫입술을 쭉 빼고는 깐족거렸다. 영림이 아빠가 말을 받았다.

미련? 개털만큼도 없다. 닭똥집처럼 질긴 년.

영림이 아빠는 영림이 엄마에게 말끝마다 닭똥집처럼 질긴 년이라는 말을 썼다. 그들은 세상에 있는 욕들을 다 퍼부었고 끝내는 저런걸 낳아놓고 미역국을 먹었다고 서로를 들먹이다 영림이 아빠가 다시 한 번 닭똥집처럼 질긴 년이라는 말을 남기며 어딘가로 가버리자 조용해졌다. 영림이는 일곱 살 여자애이고 그녀는 그 남편과 이혼을 하고 영림이를 키우며 분식집을 하고 있었다. 팔자가 녹녹한 건 아니지. 그녀는 영림이 아빠

가 말한 닭똥집처럼이라는 말을 떠올리며 영림이 엄마가 닭똥집처럼 질긴 여자라면 처음부터 그런 여자는 당연히 아니었을 거라는 생각을 했다. 그녀는 영림이 엄마에게 주어진 팔자라는 것을 생각했고 사람들에게는 모두가 팔자라는 게 정말 있는 것일까라는 의문을 새삼스럽게 다시 했다. 영림이 엄마 뿐 아니라 누구든 주어진 듯 각자 인생의 걸음이라는 것이 있을지도 모르겠다는 생각을 새삼 다시 해보았고 자기에게 주어진 인생 길은 어떤 것일까? 라는 생각도 또다시 해보았다. 그녀는 자신의 먼 과거의 모습을 떠올려 보았다. 그것이 진짜 자신이 기억하고 있는 최초의 것인지 주위에서 듣고 자신이 기억하고 있는 최초라고 착각하고 있는 줄은 모르나 그녀의 처음 기억은 댓돌 위에 놓인 꽃신을 본 부분부터였다. 꽃무늬가 새겨진 코고무신이었다. 나는 그 꽃신을 신고 걸었어. 내 이력履歷의 시작이었지. 그리고 나 또한 한치 앞의 일들은 알 수도 없다. 그녀는 그런 생각을 했다. 아직 삼십대 중반에 있는 그녀는 지금까지의 자기 팔자라는 것을 보통 중간 정도를 놓고 생각했다.

그래, 나 또한 앙앙불락이었지만 중간 정도는 되겠지. 여러 주어진 조건이 내 형편보다 훨씬 좋은 사람들과 비교하면 형편 없이 초라한 것이지만 나만큼도 주어지지 않은 사람들을 생각해 볼 때는 나 정도면 살만하겠지. 그녀는 그런 생각을 하며 우선 생김새부터도 자기는 중간 정도의 모습을 갖추고 태어났다는 생각을 했다. 어릴 때 가정형편 정도도 중간이었다는 생각을 했다. 나는 고아도 아니었잖아. 그런 계산도 했다.

그녀는 휘파람 식당 앞을 지났다. 휘파람 식당 앞에선 삼십대 초반의 키 큰 젊은 남자가 어깨를 잔뜩 웅크리고 서서 담배를 피우고 있었다. 휘파람 식당 주인 여자의 외아들이었다. 키가 크고 얼굴이 잘생긴 편이었던 그 애를 보고 사람들은 말했다.

너 영화배우가 되어도 되겠다. 되겠다. 되겠다.

자꾸 그런 말을 듣다보니 영화배우가 돼볼까 하는 꿈을 꾸게 되었고, 그렇게 희망을 품게 된 그는 외모에 한껏 힘을 쏟으며 이십대의 청춘을 다 보냈다. 나름대로는 그 언저리를 돌며 노력도 해보았지만 그뿐이었다. 그는 그렇게 꿈을 키우다 삼십세가 넘었고 이젠 아무에게도 연락초차 하지 않는 은둔자 같은 존재가 돼 버린 남자였다. 그녀는 그를 보며 그가 좀 더 넉살이 좋은 성격을 가졌다면 좋았겠다는 생각을 했다.

그녀는 목천 닭갈빗집 앞을 지나갔다. 목천 닭갈빗집은 일년 전 내부시설은 물론 외부시설까지 모두 최고급 자제를 써서 오픈했다. 하지만 늘 파리만 날렸다. 솜씨 좋은 종업원이라도 들어 와 준다면 좋을 텐데. 사람들은 그렇게 말했고 여전히 그

집 음식 값은 주기도 아깝다는 말들만을 주고받았다.

그녀는 횟집 앞을 지나고 철물점 앞을 지났다. 그녀는 다시 자기 자신을 생각했고 그동안 자신이 걸어온 길을 또다시 헤집었다. 형제는 다섯이었고 나는 언니들과 오빠가 있는 네 번째 아이였어. 아버지는 동 직원이었고 형편은 늘 그저 초라했지. 내가 고등학교에 입학했을 때야 아버지는 비로소 제대로 된 진급이 되었으니까. 그래도 형편은 늘 간당간당했지. 형제들은 늘 악다구니 같이 싸워대고 엄마는 항상 돈타령을 해댔어. 그래도 보금자리는 있었잖아. 그녀는 그 시절에 비추어 그 정도인 것이 중간 정도는 되었다고 생각했다. 그러면서 그렇게 생각할 수 있는 자신은 참 좋은 성격을 가진 게 아닌가 하는 생각도 했다.

철물점 안에서는 육십대 철물점 주인이 바닥에 신문을 깔아놓고 나무를 전주하는 가위로 딱딱한 영지버섯을 조금씩 짜개놓고 있었다. 남편보다 다섯 살이 많다는 철물점 주인의 아내는 건강에 관심이 높다. 짜개 놓은 영지버섯은 벌꿀에 재어 끓여 마실 것이다. 철물점 여자는 시간이 날 때마다 늘 철물점 앞에 여러 개의 의자를 내놓고 앉아 사람들과 건강하게 오래 사는 것에 대해 떠들어 대기를 좋아했다.

결국 먹는 게 남는 거 아니겠어.

철물점 여자는 그런 말도 자주했다.

철마다 나오는 온갖 과실들 딸기, 복숭아, 사과, 포도, 참외, 수박⋯⋯.

그 뿐만 아니라 멀리서 비행기를 타고 들어오는 향기롭고 달콤한 온갖 것들을 놓고 빨리 죽을 수는 없다는 말도 농담처럼 자주했다.

평균적으로 남들보다 더 많이 살고 더 많이 먹고 갈 거야.

그런 말도 잘했다. 철물점 여자는 이 시각 스포츠센터에서 수영이나 에어로빅 등으로 몸을 건강하게 단련시키고 있을 것이다.

그녀는 신호등이 있는 사거리에 닿았다. 차량들이 꼬리를 문 듯 지나갔다. 그녀는 지나가는 차량들을 바라보며 붉은 신호등이 푸른 신호등이 되기를 기다렸다. 그녀가 서있는 옆쪽엔 유명 제과점과 스포츠레저용품 가게가 있다. 스포츠레저용품 가게 앞엔 벌써 해 가리개와 펼쳐놓은 텐트들이 놓여 있었다. 가게 안쪽엔 아이들의 물놀이용 각종 튜브와 안전조끼들도 걸려있었다.

그녀는 푸른 신호등이 되자 길을 건넜다. 신호등을 건너자 전차가 다니는 고가도로가 나왔다. 고가도로 아래엔 길게 주차장이 형성돼 있었다. 주차장 한쪽엔 언제 누가 갖다 버렸는지 모를 번호판이 붙어 있지 않은 봉고트럭 한 대와 부서진 장롱과 소파들이 여전히 먼지를 뒤집어 쓴 채 방치되어 있었다. 트럭과 부서진 장롱 옆엔 사람들이 갖다 놓은 폐품이 된 식탁이나 책장 의자들이 하나씩 늘어났다. 그녀는 그 옆을 걸어갔다. 이십여 미터쯤을 걸어가다 그녀는 순간 우뚝 멈추어 섰다. 고양이 한 마리가 죽어 있었다. 다리 부분에 차에 치인 듯한 부상의 흔적이 보였다. 차에 치이고 스스로 인도까지 기어 나왔는지 아니면 누군가가 인도에 던져 놓았는지, 고양이는 모로 누운 시체가 되어 있었다. 목 부분이 희고 재색 바탕에 검은 줄무늬가 있는 고양이로 그녀가 알고 있는 고양이였다. 고양이는 이곳 주차장을 돌며 새끼를 낳아 길렀다. 잠시 후 그녀는 이렇게 중얼거렸다. '사느라고 참 고생이 많았다.'

그녀는 고양이로서의 삶과 죽음에 애도의 마음을 보냈다.

죽은 고양이에겐 이제 좀 성장한 새끼고양이가 있었다. 그녀는 그래서 다행이라고 생각했다. 새끼고양이는 스스로 양식을 구할 만큼 성장해 있었기 때문이었다. 새끼고양이는 보이지 않았다. 그녀는 자신이 알고 있는 죽은 고양이의 내력을 짚었다. 고양이는 사람에게 소속되지 않은 고양이였다. 처음부터 그랬었는가는 알 수 없지만 그렇게 살고 있던 고양이였다. 한파가 기승을 부리던 지난겨울 버려진 봉고트럭 안에서 고양이는 새끼를 낳았다. 주차장 앞쪽으로는 그녀가 건너온 신호등이 있고 신호등 옆에는 한 평 남짓한 구두수선집이 있다. 주차장 뒤편이 땅콩시장이었고, 시장 양편으로 아파트단지가 형성되어 있었다. 그리고 땅콩시장 입구엔 치킨집과 중국음식점, 피자집들이 늘어서 있었다. 고양이는 이곳을 무대로 살아왔다. 시장 입구나 시장 안에도, 고양이가 머물러 살고 있던 주차장 안에도, 차들은 늘 들고 났다. 고양이가 살기엔 안전지대가 아니었다. 하지만 식생활 해결의 요지는 되었을 것이다. 운 좋으면 한입 베어 물다 버려진 닭다리나 그런대로 살점이 많이 붙어 있는 쫄깃쫄깃한 족발도 먹을 수 있었을 것이다. 고양이는 이곳에서 몸을 키웠고 남편을 만나 새끼를 낳았다. 그녀는 봉고트럭 바퀴 옆에나 버려진 소파 아래에서 어린 새끼고양이 세 마리를 보았다. 어미를 닮아 목 부분이 희고 희색 바탕에 검은 줄무늬가 있는 것. 역시 어미를 많이 닮았는지 목 부분이 희고 희색 줄무늬를 가졌으나 정수리 부분과 엉덩이 부분에 흰털이 박힌 것. 아비 쪽이 그러한지 흰색 바탕으로 검은색과 재색 점박이가 있는 것들이었다. 그것들은 각각 두 발을 모은 자세로 나란히 앉아 있었다. 그녀는 그것들의 앙증스러운 콧궁기와 동그란 눈동자들을 바라보았다. 그리고 탄성을 섞어 말했었다.

어머! 너무 예쁜 것들.

바느질을 하고 있던 구두수선집 남자는 그녀의 말을 듣고 새끼고양이들을 바라보았다. 그때 이 어미 고양이가 어슬렁거리며 지나가다 위협적인 시선을 보내며 구둣방 남자와 그녀를 주시했다. 그녀는 제발 어미 고양이가 무사하게 자식들을 잘 키워주기를 기도하며 질주하는 차량들을 바라보았다. 그들은 그렇게 무방비로 노출이 된 채 살아갔다.

한때 그녀는 고양이 새끼들을 무척이나 욕심냈다. 그녀는 고양이 새끼들을 제 손으로 잘 키워보겠다는 생각을 했었다. 예쁜 생명체들이 무방비로 방치되기 보다는 자신이 보살피게 됨으로서 평생 안정된 생활을 보장시켜 줄 수 있지 않겠느냐는 생각도 했었다. 그녀는 자기가 데리고 간 고양이들의 머리에 달릴 각각의 리본들을 생각했다. 유기농 식사도 챙겨줘야 되겠지. 고양이 미끄럼틀도 사줘야 하고. 나는 너희들의 신이야. 그녀는 착한 심성이 되어 고양이 새끼들을 바라보았다. 그리고는 이것저것 고양이에 대한, 자신이 알고 있는 것들을 떠올렸다. 영역표시로 여기저기 오줌을 싸 놓는다는 것. 암놈은 발정기 때 소리를 낸다니까 성대수술을 해줘야 되겠지. 그리고 그녀는 성대수술 후 소리는 내지 않는다 해도 그에 대응하는 짓을 할 것을 생각하며 좀 더 숙고해야 할 문제점들을 되짚었다. 그녀는 결국 고양이의 성숙이 걸렸다. 그러자 자신이 없어졌고, 자신이 없어진 그녀는 그제야 새삼스럽게, 그런 식으로 고양이의 자유를 짓밟는 방법에 대해 생각해 보는 듯 생각했다. 결국 그녀는 새끼를 잃은 어미 고양이의 마음까지를 다시 새삼스럽게 헤아리는 듯 헤아리며 그것이 과연 잘하는 일일까를 따졌고 좋은 쪽으로 자기를 핑계했다. 그녀는 다소 위험해도, 고양이처럼 사는 것이 고양이답다는 결론을 했다. 그 후 그녀는 그곳을 지나칠 때마다 습관처럼 새끼고양이들을 찾았다. 새끼고양이들은 매번 모습을 보이지는 않았다. 대신 간간이 어미 고양이가 어슬렁거리는 것을 볼 수 있었다. 그녀는 구두수선집 남자에게 종종 새끼고양이들의 안부를 물었다.

잘 크고 있지요?

구두수선집 남자는 때마다 그렇다고 대답했다. 사거리엔 늘 차량들이 쌩쌩 지나갔고 주차장의 차들은 여전히 들고 났다. 그녀는 새끼고양이 세 마리를 한 번 더 보았다. 처음 보고 열흘쯤 지난 다음이었다. 그것들은 조금은 커진 모습으로 처음과 같이 두발을 모으고서 나란히 앉아 있었다. 그녀는 다시 어미 고양이가 무사히 새끼들을 잘 키워 주길 기도했다.

너희들도 건강하게 잘 자라.

그녀는 그렇게 말하기도 했다. 어느 날 고양이 새끼들은 두 마리가 되었다. 어미와 같은 터럭에 정수리에 흰점이 박혀있던 고양이가 보이지 않았다. 두 마리만 남은 그것들은 여전히 두 발을 모은 채 앉아 있었다.

한 마리가 보이질 않네요?

그녀가 수선집 남자에게 묻듯 말하자 그는 중얼거리듯 말했다.

족제비가 물어갔나? 바퀴에 치어 죽었나?

3개월 쯤 지난 어느 날엔 한 마리의 새끼고양이만 보였다. 흰색 터럭과 회색 터럭이 적당이 융합이 된 것만 남아 있었다. 여전히 가끔씩 어미가 어슬렁거리는 모습을 보였다. 새끼고양이는 세월이 지난 만큼 성장되어 있었다. 새끼고양이는 제법 어른 흉내를 내듯 주위를 어슬렁거렸다. 그때도 그녀는 수선집 남자에게 묻듯 말했다.

한 마리뿐이네요?

그러자 수선집 남자는 또다시 중얼거리듯 말했다.

글쎄, 모르겠네요. 요즘엔 어미도 잘 보이질 않아요. 하지만 먹이를 스스로 구할 나이가 되었으니 다행이지요.

그리고 그녀는 오늘 한쪽 다리에 부상의 흔적을 보이며 죽은 어미 시체를 본 것이다.

그녀는 주차장을 지나 다시 신호등을 건넜다. 그리고는 처음 목적한 땅콩시장 쪽이 아닌 은행나무 가로수 길이 길게 이어진 차도 옆 인도로 들어섰다. 화창한 날씨에 잠시 산책을 해 보겠다는 의도였다. 삼십 분만 걷자. 볕이 따스하잖아, 연초록 나뭇잎도 예쁘고. 그녀는 그렇게 계획했다.

그녀는 은행나무 가로수 길을 쭉 걸었다. 비둘기 두 마리가 그녀 앞에서 종종걸음을 하며 무언가를 쪼아 먹는 모습을 보였다. 온통 흰 것과 흰 바탕에 꼬리 부분만이 검은 빛을 띠고 있는 비둘기들이었다. 그녀는 비둘기들을 암수 한 쌍으로 생각하기로 했다. 때를 맞추듯 20대 중반의 젊은 남녀가 그저 담소를 나누는 모습으로 그녀의 옆을 스치고 지나갔다. 그녀는 피식 웃었다. 그것은 그즈음의 나이에 자신에게 있었던 아주 싱거운 과거지사 하나가 불현듯 떠올랐기 때문이었다.

그즈음 나이에 있던 그녀에게는 한 남자가 있었다. 사랑하지 않은 남자. 그저 한 남자. 그때 그도 그녀를 사랑하지 않는다는 걸 그녀는 알고 있었다. 하지만 그녀는 그를 자꾸자꾸 만났다. 남자의 의도야 다 알 수는 없지만 그녀의 이유는 그가 자신을 사랑하지 않는다는 것에 대한 불쾌감 때문이었다. 아무튼, 그렇게 사랑하지도 않으면서 둘은 한동안을 만났다. 결국은 서로 사랑하지 않았으므로 헤어졌다. 헤어지자는 말은 남자가 먼저 했다. 그녀는 고개를 끄덕였다. 참으로 싱거운 만남 싱거운 헤어짐이었다. 헤어지고 나서는 그가 괘씸했다. 끝내 자신을 사랑하지 않은 남자에 대해 여자로써의 자존심도 상했다. 자존심이 상했고 괘씸했던 그녀는 그만큼 스스로 상처도 입었다. 그리고 이젠 잊힌 일이 되었다. 십여 년 전의 일이었다. 다만 그가 있었고 내가 있었다. 아니 그도 없었고 나도 없었다. 그녀는 그런 생각을 하며 한 번 더 피식 웃었다. 그러면서 그녀는 그것도 바람이라면 특별히 축복되지 않은 바람. 나무도 풀도 그 무엇도 주목하지도, 심술도 없었던 그저 바람이었다는 생각을 했다.

그녀는 다시 신호등이 나오자 푸른 불빛을 확인하고 차도를 건넜다. 그 앞쪽으로는 이제 막 분양을 끝낸 고층의 아파트단지가 들어서 있었다. 제일 작은 평수가 70평대가 넘는다는 최신형 아파트였다. 도로변에 맞닿아 있는 아파트 입구엔 나무들이 심겨질 때 버팀목으로 쓰인 크고 작은 각목들이 아직 치워지지 않은 채 쌓여있었다.

그녀는 아파트단지 안으로 들어갔다. 이곳 아파트의 단지 안을 들어가 보긴 처음이었다. 바깥에서 보이는 정원엔 키 큰 소나무들이 군데군데 서있는 것이 보였었다. 그녀는 아파트단지 안에 조성해 놓은 정원과 화단 등이 궁금했다. 이곳은 어떻게 꾸며 놓았을까? 어디나 비슷비슷했다. 다만 요즘엔 정원에 키가 큰 국산 소나무를 심어 놓았다는 것이 새롭기도 하고 고혹적이면서도 신선하게 다가왔다. 정원 안에는 백목련과 자목련이 꽃잎을 떨어뜨리고 있었고 측백나무, 대추나무, 능금나무 등이 초록 움을 내밀고 있었다. 그 사이로 간간 월계꽃 나무와 어린 봉숭아, 백일홍 꽃나무들이 심겨져 있었다. 단지 안에는 나무 정자도 하나 놓여 있었는데 70대 두 노인이 정자 위에 앉아 장기를 두고 있는 모습을 보였다. 잠시 둘러본 그녀는 아파트단지 밖으로 나왔다.

그때 도로변과 닿아 있는 아파트 입구에 쌓여있는 각목 위에 오십대 초반 정도의 한 남자가 앉아 있었다. 들어올 땐 보이지 않던 사람이었다. 그저 보기에도 약간 정신적인 문제가 있어 보이는 모습이었다. 덩치가 작아서인지 무척 왜소해 보이기도 했다. 그는 고개를 쳐들고 그녀를 바라보았다. 그리고는 자리에서 벌떡 일어섰다. 그녀는 발걸음을 좀 빨리했다. 그는 그녀를 따라오며 시국선언을 하기 시작했다. 현재의 정부는 어떻고 박정희 대통령 때는 어떻고 공산주의가 어쩌고 국가 예산을 어떻게 쓰고 하는 것들이었다. 그리고 부자들이 배를 자꾸 불려서 자신과 같은 선량한 사람들이 이 꼴이 됐다고 말하기도 했다. 그녀는 좀 더 발걸음을 빨리하며 왠지 섬뜩하게 느껴지는 뒤쪽을 바라보았다. 그는 버팀목으로 쓴 나무 각목 하나를 들고 있었다. 그녀는 뛰었다. 그녀가 뛰자 그도 뛰면서 뒤쫓아

왔다. 그녀는 죽을힘을 다해 사람들이 보이는 차도 쪽으로 뛰었다. 뛰면서 고개를 돌려 그를 쳐다보며 소리쳤다.

나 여기 안 살아요. 알고 보면 저도 불쌍한 서민이라고요. 그는 아랑곳 하지 않았다. 그렇게 사람들이 몰려있는 큰길 정류장 쪽으로 어느 만큼을 뛰었을 때, 그녀는 어깨 한쪽이 뜨끔하는 봉변을 당했다.

으악! 살려줘요.

그녀는 소리쳤고, 그는 그렇게 한 번 일격한 후 멀리 도망을 가고 있었다. 사람들이 몰려들었다. 일격을 당한 그녀의 어깨 쪽에선 피가 흘렀다. 사람들은 그런 그녀를 살펴보면서 한마디씩 했다.

못으로 그어졌어. 아니 찍힌 것 같아. 머리를 맞았으면 정말 큰일 날 뻔했어. 날벼락이라는 게 따로 있나? 이런 게 날벼락이라는 거지 뭐야.

그리고 사람들은 뜻밖의 봉변이었지만 천만다행이라고 했다.

그래도 운이 좋은 날이라고 쳐야지. 운수 좋은 날이라고 쳐야해. 아니, 대단히 좋은 날이라고 쳐야해.
라는 말들을 던져주는 할머니들도 있었다. 그때 누군가가 다가와 다친 어깨 쪽의 팔을 들어보라고 했다. 그녀는 팔을 들어

올렸다. 팔은 별 무리 없이 위로 올라갔다. 그러자 그들은 다시 뼈엔 이상은 없는 모양이라며 이구동성으로 또 한 번 다행이라는 말들을 했다. 누군가가 경찰과 119에 신고를 넣었나 보았다. 경찰차 한 대가 멀리 도망을 친 가해자를 쫓아 달려가고 있었고 그녀는 119차에 실렸다. 119차에 실리며 그녀는, 오늘을 그래도 운이 좋은 날이라고 쳐야할지 안 좋은 날이라고 쳐야할지를 생각했다. 좋았던 건지 무척이나 안 좋았던 건지가 도무지 헷갈렸다. 그날 그녀는 어깨 상처로 열한 바늘을 꿰맸다. 꿰매고 나서도 헷갈렸다. 그러다 그녀는 어쩜, 대단히 좋은 날이었을 거라는 결론을 내렸다.

예, 뭐라고요?

남편과 그 여자는, 나를 정신병자로 몰아가려 하고 있어요. 지금 이 시간에도 그들은 어느 한적한 공원을 산책하고 있을지도 모르겠군요. 창밖엔 하나 둘 빠르게 사선을 그으며 떨어지는 눈발이 보이네요. 비좁은 경비실 안이 답답한지 평소엔 밖에 나와 거의 하루를 어슬렁거리는 뚱뚱한 경비원의 모습도 오늘은 도통 보이질 않아요. 그는 경비실 안에서 꼼짝을 않고 있나 봐요. 나는 자꾸 그녀의 모습이 떠올라요. 젊고 날씬한 몸매와 갸름한 얼굴, 약간 치켜 올라간 눈꼬리. 그녀는 꼭 그림에서 보는 중국 고대의 미녀 서시와도 같았어요. 백 번을 떠올려도 나보다는 훨씬 예쁘지요. 게다가 10년이나 더 젊다고요. 그녀가 내 남편을 사랑하고 있어요.

창밖을 바라보는 나는 이런 날씨의 데이트를 생각해요. 그리고 이런 날씨도 더없이 좋은 날이 아니겠냐는 생각을 해요. 서로 사랑하는 남녀의 데이트엔 모든 계절과 날씨가 더없이 좋은 날들이 되겠지요. 그들은 그때, 그때를 맞춰 사랑의 꽃을 피우며 추억을 간직하게 되겠지요. 날씨 때문인지 공원 안은 한적하네요. 나무 벤치에 앉아 담소를 나누고 있는 젊은 두 남녀가 보이고, 그들 옆으로 중학생들로 보이는 남자애들 네댓 명이 툭툭 발장난을 치며 공원을 가로지르고 있어요. 분위기를 돋우듯 비둘기들이 남편과 여자의 앞쪽으로 날아들고, 그녀는 주머니에서 뭔가를 꺼내 비둘기들에게 던져주고 있어요. 남편은 그녀의 모습과 열심히 먹이 감을 쪼아 먹고 있는 비둘기들을 미소 띤 얼굴로 번갈아 바라보며 서있어요. 그들은 때때로 마주보며 미소를 지어요.

남편은 직업상 자주 외부로 나다니는 편이예요. 마음만 먹는다면 시간을 내어 공원을 산책할 수도 있고 영화 한 편 정도는 감상해 볼 시간도 가능하지요. 그녀는 내가 사는 아파트의 앞 동에서 유치원에 다니는 딸애와 살고 있어요. 불행하게도 남편과는 삼 년 전에 사별했다 했어요. 한 단지 안에서 가까이 살면서 안면은 익었으나 서로 인사를 주고받게 된 건 지난 봄 수영 강습을 함께 받은 후부터였지요. 하지만 그녀와 나는 한 번도 마주 앉아 대화를 나누어 본 적은 없었어요. 수영 수강은

3개월짜리 초급반이었는데, 주 2회 수강이 끝나면 각자 갈 길이 바쁜 듯 집으로 돌아갔기 때문이었지요. 그녀는 그 한 기를 끝내고 다시 나오지 않았어요. 운동엔 취미가 없다는 이유였지요. 건강을 위해서 하는 게 운동이겠지만, 순전히 살을 빼기 위해 수강을 받는 내 입장에서 보면, 그녀는 취미가 없으면 하지 않아도 될 만큼 날씬했지요. 그 후 그녀는 동네 슈퍼에나 시장에서 가끔씩 눈이 마주치면 아는 척을 했어요. 나도 그녀와 눈인사를 나누며 아는 척했어요. 그러던 어느 날 나는 남편과 동네 슈퍼에 들렀다가 그녀를 보았어요. 그녀는 내 옆에 서있던 남편을 보고

"부군이세요?"

하고 물었지요. 그렇다고 대답하자 남편에게 수줍은 미소를 보이며 인사를 했어요. 그리고 속삭이듯 내게 말했지요.

"남편 분이 정말로 미남이세요."

그때부터 그녀는 내 남편에게도 아는 척을 했지요. 나는 퇴근을 해 주차장에 차를 세우고 있는 남편에게까지 가까이 다가가서 아는 척을 하는 그녀의 모습을 보았어요. 어느 일요일엔 단지 내에 있는 놀이터 입구에서 그녀와 남편이 마주서서 무슨 이야긴가를 길게 나누고 있는 모습을 보았지요. 때마다 그녀는 미소를 보내고 있었지요. 나는 그때 남편과 그녀의 심상찮은

모든 관계들을 예감 하게 되었어요.

한동안 나는, 그녀의 아파트 현관 앞 계단 위에서 서성거렸어요. 나도 뭔가를 느끼고 단서를 잡기 위해 서성거리고 있다는 것을 알리기 위해서였지요. 나에게 미칠 좋지 않을 싹을 좀 더 빠르게 도려내기 위해서였어요. 나는 이미 그 점을 경험한 여자였지요. 어느 날 그녀는 내게 다가와 말했어요.

"그렇게 서있다가 심심하시면 언제든 노크하세요. 들어오셔서 차도 마시고 이야기도 나누어요."

그녀는 내게 '그렇게 서있다가'를 말했지요. 나는 이 여자도 보통내기가 아니겠구나 하는 생각이 들었어요. 그녀도 아홉 개의 꼬리를 감추고 사람으로 둔갑을 했을 여우와 같은 종류의 여자일지도 모른다는 생각이 들었지요. 나는 이미 첫 남자를 그녀와 같은 여자에게 빼앗긴 경험이 있었어요.

며칠 전 남편은 나를 붙잡고 설득하듯 말했어요. 그날도 나는 그녀의 아파트 앞 계단 위에 서있었지요. 그리고 나는 그녀의 집 현관 안쪽에서 잠시 동안이지만 남편과 그녀가 도란도란 이야기를 나누는 목소리를 분명히 들었어요. 때마침 위층에서 엘리베이터 문이 열리고 닫히는 소리가 들렸고 누군가의 발자국 소리가 들려왔지요. 그러자 그들의 도란거림은 더 이상 들려오지 않았어요. 나는 현관문 앞으로 다가가 벨을 누르려다,

나를 확인한 그녀가 다른 대책을 세우던지, 빈집인양 절대로 문을 열어줄 것 같지 않아서 그만두었어요. 대신 계단 위에 서서 그녀의 집 현관문이 열리기만을 기다렸지요. 그러나 한참을 지나도 현관문은 열리지 않았어요. 평소엔 자주 들락거리던 그녀의 딸애도 그날은 좀처럼 보이지 않았지요. 나는 그녀의 집 안에서 해괴한 일을 벌였어도 몇 번을 벌였을 시간까지 내내 그녀의 집 현관문이 열리기만을 기다렸어요. 그렇게 한참이 지난 후 무슨 외판원 같기도 한 여자가 현관의 벨을 울렸고 문이 열렸지요. 그때 나는 그녀의 집 안으로 들어갔어요. 그녀는 나를 보자 화들짝 놀라는 표정을 지었지요.

"내 남편 지금 어디 있지?"

나는 그녀의 얼굴을 똑바로 바라보았어요. 당연히 그럴 거라고 생각했던 것처럼 그녀는 펄쩍 뛰며 발뺌을 했지요.

"어머, 남편요?"

나는 집 안을 샅샅이 살펴보아야 했어요. 그 과정에서 그녀와 밀고 밀리는 몸싸움이 좀 있었지요. 남편은 보이지 않았어요. 나는 어쩜 계단 위에서 잠깐 한 눈을 팔고 있었을지도 모르겠다는 생각을 했지요. 나는 방 안은 물론이고 화장실과 장롱 속까지도 살펴보았어요. 그러는 사이에 그녀는 경비원에게 연락을 취했지요. 현관 앞에 경비원이 서있었고 그녀는 단단히

화를 내고 있었어요.

"잘 지켜보고 알아서 처리해 달라고 했잖아요."

그녀는 나를 당장 끌어내라고 말했어요. 어느새 서로 연락
이 닿았는지 내가 사는 아파트의 뚱뚱한 경비원도 올라왔지요.

"지금은 단서도 없으니 시간을 두고 사태를 주시해 보시지
요."

내 아파트의 경비원은 나를 달래듯 말했어요. 단서가 없으
니 나도 어쩔 도리가 없었어요. 나는 경비원을 따라 집으로 돌
아올 수밖에 없었지요.

그날 저녁 남편은 큰소리를 치며 화를 냈고, 때론 협박적인
말들도 서슴지 않았지요. 그러면서 자기가 동네방네를 떠도는
바람난 무엇 정도로 보이느냐고 물었어요. 남편은 나를 의부
증 환자로 몰아붙이기까지 했지요. 나는 그렇게 말하는 남편이
참으로 뻔뻔하다고 생각했지만 그냥 들어줬어요. 나는 그런 남
편의 모습에서 어떤 단서를 잡을 수 있을지도 모른다는 생각을
했지요. 한편, 남편의 말들은 다 옳은 말들이고, 나는 환자일
까? 하는 쓸데없는 생각을 잠깐씩 해보기도 했어요. 하지만 그
건 그들이 의도하는 것이었지요. 아니나 다를까 그 뒤 남편은
두어 번 가벼운 말처럼, 어디든 함께 가서 정신 상담을 받아 보
자는 말을 했어요. 참으로 기막힌 일이었지요. 남편은 그렇게

슬슬 마각을 드러내고 있었어요.

"내가 아는 당신은 그렇게 치사한 여자는 아니야. 의부증이니 의처증이니 하는 것 말이야. 한마디로 말해 변변치 않은 사람들에게나 생길 수 있는 거라고 나는 생각해."

슬슬 마각을 드러내고 있는 남편은 꽤나 나를 생각해 주는 척 그렇게 말을 빌빌 틀며 변죽을 울렸지요.

"나를 믿어."

뻔뻔스런 남편은 나를 믿으란 말을 여러 번 반복했고 그때마다 목소리는 단호했어요.

"당신도 알잖아 그런 의심이 점점 더 심해지면 말이야, 폭력까지도 휘둘러. 이번 여자의 가슴에 그은 손톱자국은 밀고 밀리는 과정에서 실수로 생긴 거였다고 여자도 그걸 인정해 줬어. 하지만 그런 상태가 계속되면 나도 못살아."

'나도 못살아' 하는 남편의 목소리가 단호했지요.

"당신 정신 병원이라도 가고 싶어? 쓸데없는 망상에 젖어 결국 그렇게 되고 만다면 얼마나 어처구니없고 억울한 거야."

정말이지 대단한 협박이었지요. 여차하면 저들이, 그렇게 나를 쫓아버리겠구나 하는 생각이 들었어요.

그날 남편이 퇴근해 집으로 돌아올 때, 경비원은 남편을 붙잡고 길게 이야기하고 있었어요. 집에 돌아온 남편은 옷도 벗지 않는 채 역시 모르는 척 뻔뻔한 목소리로 내게 여자의 집 동호수를 물었지요. 당장 가서 사과를 해야겠다고 말했어요. 당장 사과를 하지 않으면 그녀가 고소할지도 모른다는 핑계까지 댔어요. 이미 고소를 했다면 취하해 주길 간청해 보겠다고도 했지요. 한마디로 말해 웃기는 행태였지요. 남편은 그녀의 상태가 궁금한 거였겠지요. 남편은 정말로 그녀의 집을 모르는 척 재차 삼차 물었어요.

"대체 그 여자의 집이 몇 동 몇 호야?"

대꾸를 않자 경비원에게 물었고, 처음엔 나와 함께 가서 사과하자고 말했어요. 그러더니 대뜸 혼자 가겠다고 했지요. 정확히 20분 후 남편은 집으로 돌아왔어요. 집으로 돌아온 남편은 누가 묻지도 않았는데, 커피를 한 잔 타주겠다고 해서 일부러라도 마셔주고 왔더니 이렇게 늦었다는 말을 먼저 했어요. 남편은 여자에게 다시 한 번 그런 걱정을 끼치게 된다면 아주 멀리 이사를 가는 한이 있더라도 더 이상은 불편을 끼치지 않겠다는 다짐을 주고 돌아왔다고 말했지요. 그들은 벌써 이사 계획까지도 세우고 있었던 모양이었어요. 아무도 모르는 타지에서의 이혼과 결합은 그녀의 마음을 좀 더 편하게 해줄 수 있을 테니까 말이지요.

또 한 번 그녀의 손이 주머니 안으로 들어가요. 다시 비둘기들에게 먹잇감을 던져주고 있어요. 그녀는 구, 구, 구, 비둘기들을 모으고 달래는 소리를 내고 있어요. 그런 그녀의 모습은 퍽이나 순진하고 순수해 보이기까지 해요. 남편은 그녀의 어깨를 감싸 안아요. 데이트를 하기엔 더없이 좋은 날씨여서 남편의 팔은 그녀를 깊숙이도 끌어안고 있네요. 그들은 마주 앉아 몸을 밀착시키고 있어요. 이 세상에 나올 때부터 한 몸이었던 양, 한 덩어리가 된 그들은 내장 깊숙한 곳으로부터 번져 나오는 듯한 야릇한 소리를 내뱉기까지 하네요. 그들은 서로 사랑하고 있어요. 남편은 지금 순전히 나를 어떻게 떼어버리느냐 하는 고민에 쌓여 있겠지요. 그는 이 방법 저 방법을 놓고 생각하고 있을 거예요. 일상생활에서 보이는 크고 작은 단점들은 얼마든지 만들 수 있지요. 마음만 먹는다면 방바닥에 떨어진 머리카락 하나에도 불편한 언성이야 충분히 만들어 놓을 수도 있는 것이고요. 그러면서 남편은 '우린 서로 맞지 않아. 정말이지 나도 이젠 안정을 찾고 싶었어. 나도 남들처럼 오순도순 잘 살고 싶었다고' 하는 연극적인 말도 떠올리며, 나와는 도저히 못살겠다는 말을 하려고 하고 있겠지요. 그는 홧김에, 행여 내 입에서 '못살겠어. 우리 이혼 해'라는 말이 먼저 나와 주길 학수고대하고 있을지도 모르겠네요. 이렇게 유도해볼까 저렇게 유도해볼까 어찌 생각해 보면 그 일은 아주 쉽게 해결이

날 듯도 보이고 그렇게 호락호락 넘어가 줄 것 같지 않다는 고민을 하고 있겠지요. 쉽고 감쪽같이 해결이 되는 어떤 방법이 없을까? 그는 적어도 한 여자와 원수가 되어 으르렁거리긴 싫겠지요. 그건 정말이지 쓸데없는 시간 낭비 같이만 여겨지겠지요. 또, 자신은 여자를 그렇게 쉽게 내던지는 듯 보이는 남자이긴 싫겠지요. 나는 남편과의 이혼을 생각했어요. 서로 좋아 못 살겠다면, 둘이 살도록 내버려 둘 용의가 있는가를 생각했지요. 못해 줄 이유는 없었어요. 그러나 이건 아니지요. 이런 얄궂은 방식으로 더 이상의 농락을 당할 순 없어요.

첫 결혼에 실패한 남편은, 자신도 다른 사람들처럼 한 집안의 가장으로 평범하게 살고 싶었다는 말을 여러 번 했었지요. 남편도 첫 결혼에 실패했지만 나도 그랬어요. 앞서 나는 아홉 개 꼬리를 감춘 여우와 같은 여자에게 남자를 빼앗겼다고 말했지요. 그 이유로 나도 첫 결혼에 실패해 이혼을 했고 재혼을 했어요. 그걸 뭐 이렇게까지 표하기는 뭣하지만, 그것도 전과라면 나에게도 그런 쪽의 경력을 가지고 있는 셈이 된 거였지요. 나도 남편의 말처럼 이제 정말이지 그저 평범하고 순탄해 보이는, 그런 인생을 살고 싶었어요. 사람들은 쉽게 말하지요. 현재의 결과는 과거의 거울이라고 하는 말들이지요. 이러이러한 원인은 이러이러한 결과를 낳는다는 식으로 말이지요. 어쩜 남편과 그녀도 내게 있는 이혼의 경력 때문에 그 쪽으로 쉽게 계획을 잡아 버렸는지도 모르겠어요. 그들도 자신들이 유리한 쪽으로 계획을 세웠겠고 대부분의 사람들이 공감해 줄 것이라는 계산을 했겠지요.

내게 있어서 결혼과 이혼 그것이 얼마만큼의 충격과 상처를 주었을까요. 어쩜 세월이 약이 되어 주었는지도 모르겠어요. 나는 지금 그 세월을 많이 잊었어요. 어느 노랫말 중에 '짝이 맞으면 연분이지. 이래저래 정이 들면'이라는 말이 있지요. 나는 짝이 맞는 줄 알았고 그래서 연분인 줄 알았어요. 그러나 그렇지 못했어요. 또는 연분은 있었으나 그것이 짧은 인연이어서 이래저래 정들 사이도 없었다는 생각을 해요. 그가 바람둥이였든 무슨 이유였든 말이지요. 결혼하고 얼마 되지 않았을 때였어요. 어느 날 그와 난 시내에 나가 영화 한 편을 보았어요. 내용은 바람기가 있는 세 사람이 진짜 바람둥이가 되기 위해 의기투합해 길을 떠난다는 서두로 그들이 만나고 겪는 이런저런 이야기들을 코믹하게 그려 놓은 작품이었지요. 그 영화를 보고 그는 내게 고백하듯 말했어요.

"개인의 농도 차이는 있겠지만 바람기 없는 사람이 어디 있어. 결혼까지는 안 했지만 이 가슴에도 말이야, 무수한 여자들이 왔다 갔다 했다. 그러나 당신이 들어오고는 사방에 빗장이 잠겨 버린 것 같아. 왜 내가 유치해?"

그는 말해놓고 자기가 유치하냐고 물었지요. 나는 대답하지 않았어요. 그러자 다음 말을 이었어요.

"대신 난 사랑이라는 것이 어떻게 왔다 간다는 걸 잘 알 것 같아."

나 또한 사랑이라는 것이 어떻게 왔다 가는 거라는 것쯤은 잘 알 것 같았어요. 또 그것이 얼마만큼 간사한 거라는 것 또한 잘 알고 있었지요. 내 마음 안에도 많은 사내들이 왔다 갔다 했었어요. 나도 그가 들어온 후 사방에 빗장이 잠겨버린 듯 했지요. 그건 일단 결혼을 했다는 이유 때문이었을 거예요. 게다가 그땐 결혼 초였으니까요.

결혼 할 당시에도 나는 어느 한 남자와 사랑을 했어요. 결혼 후 한방을 쓰던 동생에게서 전화가 왔었지요. 동생은 한껏 센티한 목소리를 내었어요.

"언니, 어쩜 그럴 수가 있어. 언니가 쓰던 책상 서랍에 반쯤 짜다만 털 조끼가 있잖아. 내가 그걸 보고 얼마나 울었는지 알아?"

나도 그렇게 한때는 정성을 기울였던 이야기들이 있었어요. 나는 그때 '그것이 거역할 수 없는 어떤 운명 같으니, 운명과 세월이 나를 휘말아 가는 듯 하다느니' 하는 말들을 동생에게 했었어요.

첫 결혼생활은 2년 남짓했지요. 지금 나는 그와의 결혼 생활이었던 그 기간에, 내가 얼마나 행복했었는지 또 내가 그를 어느 정도를 사랑했었는지 하는 것들은 기억에 남아있지 않아요. 2년 세월은 너무도 빠르게 지나간 듯했어요. 게다가 그와 결혼이라는 것도 너무 빠르게 진행되었지요. 나는 사촌 언니의 소개로 그를 만났어요. 왜 그랬을까요? 아마도 그 시절에 남자가 30이 넘은 노총각이었고 나도 곧 30을 바라보는 노처녀가 되었다는 이유 때문이기도 했지요. 그와 난 너무도 쉽게 결혼했고 너무도 쉽게 헤어졌어요. 그 2년 동안 그와 나는 한 개인주택의 2층을 세를 들어 살았어요. 나는 그가 출근을 하면 하루 종일 2층 난간에 서서 도로변을 쳐다보았고, 빨리 저녁이 되어 그가 퇴근을 해 집에 들어오기만을 기다렸다는 기억과 그는 종종 늦었다는 기억이 있어요. 그는 친구들이 많았지요. 그래서 종종 늦을 땐 거의 친구들과 술 한잔 하게 되었다는 이유들이 있었어요. 그의 말은 거짓이 아니었지요. 다만 그 과정에서 어느 한 집을 단골로 드나들게 되다 보니, 그 곳의 한 여자에게 친밀감을 느끼기 시작했나 봐요. 그는 그렇게 다른 한 여자와 사랑의 싹을 키웠고 나를 떠났어요. 그는 떠나며 내게 이렇게 말했지요.

"지금의 당신은 나를 용서 할 순 없을지 몰라도 이러는 마음 정도는 이해할 수 있잖아. 아무리 생각해도 그 여자가 내 짝인 것처럼 느껴지는 걸 어떻게 해."

나는 그 여자를 한 번 찾아갔어요. 그때 그녀는 내 앞에서 한껏 꼬리를 내린 듯한 초라한 모습으로 앉아 대책없이 눈물을 질질 짜댔어요. 그녀는 '그가 없으면 못살 것' 같다고 말했지요. 하지만 문제는 그였어요. 그는 이미 나에게서 떠나버리고 없었지요. 어느덧 그의 가슴엔 그녀만이 담겨 있었어요. 다시 말하지만 그녀는, 아홉 개 꼬리를 감추고 인간으로 둔갑한 여자였어요. 자기가 만든 각본대로 무조건 질질 눈물을 짜댄 그녀는 어떤 형식으로든 노련하게 그를 잘 꼬드겼겠지요. 나는 그를 분노했어요. 그러면서도 어처구니없이 한동안 그를 기다렸어요. 나는 2층 난간에 무수한 발자국을 찍으며 그가 오지 않는 도로변을 죽어라 하고 바라보았지요. 그가 찾아와 '잠깐 내 머리가 어떻게 되었나 봐. 날 용서할 수 있겠어?' 그렇게 말해 주기를 나는 또 죽어라 하고 기다렸어요. 그 뒤 한 시기를 지낸 후 당연한 순서처럼 나는 그를 그리워한 이상으로 지독히 미워했어요. 하필이면 내가 왜 그런 바람둥이하고 인연이 닿았는지 그 점까지도 내내 불쾌했지요. 그래서였을까요. 지금의 나는 그의 전부를 잊어버린 것 같아요.

남편의 첫 부인은, 남편과는 성격도 무엇도 전혀 맞지 않아 하루하루가 견디기 힘들다며 스스로 떠났다고 했어요. 남편도 그랬다고 말했지요. 남편은 그녀와 한 직장에서 그저 평범하게 만나 결혼이 될 때까지는 몰랐다고 했어요. 성격은 잘 맞아 주지 않는다는 생각은 했지만 5년여 세월을 늘 옆자리에 앉아 있던 여자는 자신의 의지나 감정과는 무관하게 자기와 함께 살아가야 하는 사람처럼 느껴졌다고 말했어요. 그녀도 그런 말을 했다고 했었지요. 그녀도 늘 옆자리에 앉아 있던 남자가 함께 살아야 할 사람처럼 느껴졌다는 말을 했었다고 말이지요. 언젠가 남편은 내게, 그녀와의 엮어졌던 모든 한 시기를 불가항력적인 어떤 힘이 작용했던 것 같았다고 말했어요. 그리고 그런 문제는 나에게도 있었던 것 아니었느냐고 반문했지요.

　"노력해도 안 되는 사이가 있어. 그녀도 나도 서로 잘 지내보려고 무척 노력했지. 결국 지쳐갔던 거야."

　남편은 꼭 어느 드라마의 한 대사처럼 그렇게 말하기도 했어요. 나는 남편의 말들을 잘 이해할 수 있을 것 같았어요. 이 세상에는 아무런 이해관계도 없는 동성의 친구끼리도 전혀 융화가 되지 않아 서로 힘들게 세월을 보내다가 끝내는 친구가 되지 못하는 사람들도 분명히 있기 때문이었지요. 나는 남편과 그녀의 관계를 그런 종류의 사이였을 거라고 생각했어요. 남편의 가슴에도 그 여자가 남아 있지는 않은 것 같았어요. 나는 지금도 그렇게 믿고 있어요. 하지만 문제는, 지금 이 남편도 앞동의 젊은 여자로 인해 나에 대한 어떠한 감정들은 점점 멀어지고 언젠가는 한줌 연민조차 남아 있지 않게 되는지도 모르겠다는 것이지요. 지금도 남편은 나를 지겨워하고 있을지도 모르겠어요. 첫 남편이 그랬던 것처럼, 이 남편도 내게 '당신도 이러는 나를 이해할 수는 있잖아' 등의 말을 하게 되는지도 모르겠어요.

나는 다시 그녀와 내 남편을 생각해요. 그들은 어느 한 카페에 들려 빛깔 좋은 와인을 한 잔씩 놓고 몸을 녹이며 담소를 나누고 있어요. 연보랏빛 커튼이 드리워진 실내는 쾌적하고 핑크빛 조명은 은은해요. 로즈, 레이디, 러브스토리의 주제곡이 흐르고……. 그들은 끊임없이 대화를 잇고 있네요.

삶의 아이러니가 길어 올린 풍자의 세계

—서한경 소설집 『나는 용이다』

삶의 아이러니가 길어 올린 풍자의 세계
—서한경 소설집『나는 용이다』

김성달 소설가

1

서한경 작가는 독특한 스타일리스트이다. 흔히 소설가에게 스타일리스트라는 말은 문체미학을 말하는 경우가 많은데 이 작가의 경우는 세상의 특징을 잡아내는 관점이 독특하다. 작가에게 관점은 그 무엇보다도 중요하다. 작가가 대상을 '어떻게 보느냐가' 그의 재능과 모든 것을 결정한다고 해도 과언이 아니다.

그런 관점에서 서한경 작가의 소설은 남다른 주제의식에 파격적인 목소리를 갖고 있다. 작품 안에서 어떤 강렬한 기운이 저절로 이야기를 헤집고 나오기 때문에 파괴적인 형식으로 이야기가 구성될 수밖에 없다. 서한경 작가의 소설집 『나는 용이다』의 대부분 작품이 그렇다는 말이다. 이 소설집 작품들의 소설 형식이 처음에는 다소 낯설게 보인다. 하지만 지나고 보면 그것은 그렇게 할 수 밖에 없는 배치였다는 것을 독자들은 느낄 수 있을 것이다. 그것은 형식을 배반하는 특유의 소설기법 때문이다. 우리 주변에서 형식적으로 잘 다듬어진 소설들은 흔하게 볼 수 있다. 그것들은 따뜻한 방에서 아늑한 휴식을 취하는 정도의 힘만을 가지고 있을 뿐이다. 형식적인 완결성 속에 이야기가 갇혀있다면 그것은 결국 작가에 의해 제압된 작품일 수밖에 없다. 아무리 탁월한 작가라고 하더라도 그가 파악하고 제압해버린 것만으로는 소설을 완성시킬 수 없다. 거기에는 소설적 진실이 빠져있기 쉽기 때문이다. 그래서 처음에는 유려하게 보였던 형식이 나중에는 깊숙한 곳을 탐색하는 방해물이 될 때도 있는 것이다. 서한경 작가의 소설은 그런 형식주의에 대한 파괴이자 도전이다.

그것이 가능한 것은 그의 소설이 에피소드에 아이러니를 깔고 있기 때문이다. 사람들이 살아가는 인생사란 그 속을 한꺼

풀만 벗겨보면 순리보다 아이러니가 지배적일지도 모른다. 이런 아이러니들은 비극적이고 장엄한 이야기를 연출하는 것이 아니라, 가벼운 웃음과 은근한 냉소를 동반한다. 서한경 작가의 소설은 인생 자체는 결론이 없는 것이고 작가는 결론을 찾기 위해 글을 쓰는 것이 아니라고 증언하고 있다. 그의 소설은 이렇게도 저렇게도 읽힐 수 있는, 혹은 이런 모양으로 저런 모양으로 읽힐 수 있는 소설적 배치를 즐겨 사용한다. 그의 소설 인물들은 한 마디로 말할 수 없는 세상의 아이러니를 특유의 냉소와 조롱으로 비틀고 뱉는다. 하여 그의 소설 인물들은 세상에는 존재하지 않을 것 같은 인물이면서도 분명히 우리 주변에서 찾아볼 수 있는 인물들로 부각된다.

서한경 작가는 작품집 『나는 용이다』에서 '무엇이다'라고 결론 내려 말하는 방식을 싫어하고 애초부터 거대담론을 배제하고 있다. 그것이 곧 세계에 대한 인식의 부정을 말하는 게 아니다. 애초에 그것이 들어올 자리를 만들지 않음으로써 아이러니가 지배하는 현실을 들여다 볼 수 있는 이야기를 구체적으로 만들고 있는 것이다. 작가의 관점은 삶의 가장자리에 머문다. 이야기 속으로 깊이 들어가지 않고 여백을 남긴다. 때문에 그의 소설 인물들은 어떤 사태에도 즉각적으로 반응하고, 그런 인물들에 대한 희비극적 동감을 현장성으로 생생하게 끌어내고 있다. 이런 알레고리적 서사의 아이러니가 서한경 작가의 소설을 풍자와 비판으로 읽히게 하는 힘이다.

또 하나 『나는 용이다』에서 인상적인 것은 이야기 소통방식이다. 이 작품집에서는 소설의 서사에서 우연이나 곁가지 같은, 우리 눈에는 별 볼일 없는 것 같은 이야기를 곧장 복원하여 의뭉스럽게 밀고나가는 소통방식을 사용하고 있다. 우연이나 작고 소소한 이야기를 매개로 해서 물리적 거리를 넘어서고, 서로 닿을 것 같지 않은 우연들을 절묘한 솜씨로 엮어 관계에 관한 소통을 시도하고 있다. 관계에 눈 뜨는 것은 새로운 자기 자신에 눈을 뜨는 것이다. 진짜 나를 대면하는 것은 진짜 힘들다. 내 안의 욕망이나 상실감, 열등감, 반항심 같은 것들과도 역시 관계를 맺어야 하기 때문이다. 이 작품집에서 사용된 소통방식은 관계를 통해 드러나는 그런 요소들을 여과 없이 드러낸다. 그 결과 소설에서 개별화된 소통이 각자 다른 방식의 소통으로 이어지는 모습으로 나타나고 있다.

2

서한경 작가는 작품집 『나는 용이다』를 통해 삶의 아이러니가 길어 올린 풍자와 비판의 모습을 적나라하게 보여주고 있

다. 때로는 지독한 냉소와 조롱, 때로는 웃음과 울음을 오가는
유희를 통해 우리가 현실에서 느끼는 절망과 우울과 불안을 속
시원하게 날려버리고 있다. 이제 그가 만들어놓은 다양한 풍경
속으로 함께 들어가 보자

「봄날에」는 실직자 청년의 일상적인 풍경을 그린 소설이다.
실직자인 나는 인터넷 바둑에서 비기기 신청을 받아들이지 않
는 상대와 욕설을 주고받는 언쟁을 벌이고, 히틀러에 관한 방
송을 보면서 여러 번 직장을 옮겨 다니는 자신을 생각한다. 가
끔 안부를 물어오는 동창과 통화를 하고, 강변에 산책을 나가
서 말하는 기러기도 만난다. 또한 나와 내 속에 들어있는 잡귀
에 관한 이야기를 나누기도 한다. 나는 '직장에 들어가면 꼭 내
가 상관들 앞을 지나가게 되면 내 다리를 걸어 넘어뜨리는' 잡
귀 때문에 여전히 '지난날들도 힘들었고 앞으로도 힘들게 살아
낼 것' 같다. 강변에서 햇빛에 반짝이는 강물을 바라보며 나는
근 십여 년이라는 세월을 머무르며 나를 좋아하던 유일한 여자
를 생각하면서 '잘 생각했어, 별 장래성도 보이지 않고 여기저
기 벌벌대는 나 같은 놈하고 결혼을 해봤자 좋은 인생 망치기
십상이지 뭐'라고 중얼거리다가 다시 집으로 돌아온다. 인터넷
고스톱 판에 들어가 3점이면 그냥 스톱을 눌러버리는 토끼 간

을 가진 상대방과 나는 또 언쟁을 벌인다.

이 소설은 대화상대라고는 자신뿐인 실직자의 모습을 아프게 진단하면서도 특유의 냉소와 조롱, 욕설을 통해 풍자하고 있다. 실직자라면 누구나 겪기 때문에 일반화되는 슬픔과 상실감이 '나'만의 슬픔과 상실감으로 내밀화되는 과정이 매우 설득력 있게 그려져 있다. 그래서 그런지 실직자의 모습이 역설적이게도 상처를 딛고 넘어서려는 안간힘을 느끼게 한다. 실패한 사람에게만 허락될 법한 짙은 우울과 권태의 정서가 매력적으로 스며들어 있는 작품이다. 그래서 말씨름조차도 범상히 보아 넘길 수가 없다.

"토끼 간을 가졌냐? 사내 녀석이"

"그래 토끼 간을 가졌다. 그런 너는 고래 간이라도 가졌냐?"

"그래 고래 간을 가졌지."

"너 몇 살이나 처먹었냐?"

"몇 살? 잡수실 만큼 잡수셨다."

"잡수실 만큼 처먹은 놈이 그 꼴이냐?"(「봄날에」 중에서)

사랑이 과연 무엇인지 묻고 있는 「수이-러브」는 이렇게 시작되고 있다.

여자는 남자에게 전화를 걸어 '너를 만나러 가겠다'고 했다. 여자의 말인 즉은 남자를 잡아먹으러 가겠다는 거였다. 그러나 남자는 이제 여자에게 잡아먹힐 생각은 없었다. 남자는 지금도 여자를 용서하지 못하고 있었다. 남자는 여전히 괘씸했다.(「수이-러브」 중에서)

그런데도 남자는 여자를 만났다. 알바를 하던 이삿짐센터 주인집 딸이었던 여자는 애인이 유학을 간 사이 잠깐 남자와 사귀었지만, 애인이 돌아오자 남자에게 결별을 선언했다. 그렇게 헤어져 각자 결혼을 해 살고 있는데 느닷없이 여자가 남자에게 전화를 걸어와 만난 것이었다. 최근 남편이 아닌 다른 남자와 사귀다가 헤어진 것을 '미친개에 물렸다'고 말하는 여자는 마음을 분산시키기 위해서라도 남자를 '꼭 잡아 먹어야겠'다고 한다. 그 말을 들은 남자는 '긴 세월 평생 마누라 밖에 모른 자신에게 굴러 들어오겠다는 여자는 오히려 감사해야 하는 존재'라고 생각하면서도 고개를 저었다.

남자는 여전히 여자가 괘씸했고 그러므로 그런 역사를 다

시는 만들지 않겠다는 생각으로 마음을 굳혔다. 남자는 또
자신이 멋지게 거부한 여자를 생각했다. 그 이후 비로소 남
자는 여자의 모든 것을 용서할 수 있을 것만 같았다.(「수이-
러브」 중에서)

서한경 작가의 소설에는 멜로드라마가 없다. 그것은 현실의
삶을 윤리적으로 생동감 있게 과장해 무대 위에 올리려는 제스
처가 그의 소설에 없다는 말이기도 하다. 그럼에도 「수이-러
브」의 여자는 세상의 수많은 말들 중에 '사랑'이라는 말에 유
난히 집착을 한다. 그것은 그에게 사랑이 감정이 아니라 말과
행위이기 때문이다. 여자에게 사랑은 감정이 담긴 관념적인 단
어가 아니라 직접적인 말과 행위로 드러나고 있다. 왜냐하면
사랑은 좋은 말이고 어쨌든 살아야 할 힘이 되기 때문이다. 그
것으로 파생되는 선한 가치들이 있기 때문이다.
　이 작품에서는 사랑의 가능성과 불가능성, 상실의 뼈저린
슬픔이 잃어버린 대상에 대한 다양한 대응 방식들로 나타나고
있다. 사랑의 허위와 거짓의 민얼굴을 대면해야하는 두려움 대
신 '남자를 잡아 먹어야겠다고' 거침없이 표현하는 방식의 극
대화를 통해 우리시대의 지나간 사랑에 대한 애도의 형식에 필
요한 윤리가 무엇인지를 예리하게 비판하는 작품이다. 그것이

바로 서로의 상처와 상처 앞에서 고통스러워하는 성실한 애도이기 때문이다.

「소풍」은 예기치 않은 전개와 냉소와 조롱의 에피소드가 인상적이면서도 천연덕스럽다 못해 건조한 작품으로 그 속에 들어있는 문제의식이 사뭇 날카롭다. 가을 어느 날, '야합野合'을 위해 갑자기 만난 남자와 여자가 서울을 벗어나 드라이브를 하다가 한탄강유역 전곡리 유원지에 이르게 된다. 그곳을 둘러보던 둘이 '그곳 고대인들이 그랬다는 듯 어떤 동물과도 흡사한 눈길을 서로 주고받은' 후 한적한 숲속에서 정사를 벌이다가 뱀에 물려 죽어가는 이야기이다.

그놈 까치 살모사들은 어른 한 팔 길이쯤 되어 보였는데, 무슨 이유로든 그것들도 마침 그곳으로 소풍을 나온 길이었다. 아무튼, 그것들은 직선으로 다가오다가 그들의 움직임을 보고는 멈칫 정지했다. 그때 까치 살모사들의 수컷인지 암컷인지가 입을 열었다.

"어디서 굴러온 개뼈다귀들이야?"

수컷인지 암컷인지의 말은 들은 다른 한 마리의 수컷인지 암컷인지가 그 말을 그대로 따라서 했다.

"어디서 굴러온 개뼈다귀들이야?"

(중략……)

그리고는 "당장 죽여 삐자."

라고 합창을 했다.(「소풍」 중에서)

　서늘한 운명의 풍경을 세태풍자로 잘 직조한 이 작품의 특징은 섣부르고 자기중심적인 순간과 행위야말로 우리의 일반적인 모습이라는 것을 가감 없이 드러내고 있는 것이다. 마치 레이먼드 카버의 소설들이 대부분 그렇듯이. 왜 하필이면 선사유적지였을까? 이 작품에서 남자와 여자로 대변되는 육체는 인위적이고 획일적인 사회규범에 길들여지지 않는 자유의 또 다른 표상이 아닐까? 어리석을 정도의 육체적 탕진이 일탈이나 불륜이 아니라 자연그대로의 삶의 결과로 읽히기도 하는 것은 말할 수 없는 세상의 아이러니에 대한 분출이라 할 수 있다. 불륜에 대한 동정은 드물고 공감은 짧은 세태에 대해 작가는 거침없이 돌직구를 날린 것이다. 그래서 남자와 여자가 암컷과 수컷 뱀에게 물리는 마지막 장면은 충분히 상징적이다.

　서한경 작가는 전혀 예기치 못했던 결말과, 극적인 결말이

기대되지만 이유 없는 긴장 해소로 끝나버리는, 상반된 두 가지 결말의 기법으로 작품에 긴장감을 만들어내고 이로 인한 소설적 미학을 달성하고 있다. 불륜이라는 소재는 새로운 것은 아니지만 이 작품의 결말이 보여주는 문제의식은 그보다 훨씬 멀리 나아가고 있다. 불륜을 항상 윤리적 문제로 사고하던 구태를 고려하면 더욱 더 그렇다.

「피토가 지나가던 날」은 나날의 삶에서 저도 모르는 사이에 빠져들게 되는 무반성적 매너리즘에 대한 예리한 성찰이 돋보이는 수작이다. 태풍이 지나가던 날 시장에 갔다 오던 나는 길가에 널브러진 여자를 만나 도와주려다가 '미친년'이라는 욕을 먹고 친구인 '이해해' 여자의 집에도 들른다. 트럭에 싣고 다니는 과일을 파는 여자에게 과일도 사고, 종교에 심취한 여자를 만나 잠깐 집으로 들이기도 한다. 철학을 공부하는 동아리 모임에서 "벨기에나 네덜란드 가서 죽으라며?"라는 소리를 그치지 않는 동료와 싸운다. 집에 돌아와서는 밥만 찾고 있는 남편에게 "내가 밥이냐고?" 자꾸 소리를 지르는데, 그 소리가 태풍을 몰고 오는 천둥소리같이 들리는 것은 왜일까?

목청을 세우면서도, 동아리 모임에서 당한 봉변 같은 봉변을 생각했다. 또다시 새삼 뭔가 하나만은 확실히 배워둔 것 같았다. 그 사람에 비한다면 당신은 지극히 정상적인 사람이야 그런 생각도 했다. 동시에 집구석에서만 목청을 세우려 든다면 나는 참으로 못난 인간이겠지, 라는 생각도 했다. 하지만 나는 똑같은 말을 반복해대며 만만한 남편에게나 대책 없이, 미친 듯이, 소리를 질러댔다.(「피토가 지나가던 날」 중에서)

매개들이 교묘하게 맞물리는 우연은 소설미학에서 새롭지 않다. 그러나 서한경 소설에서 그런 우연은 새롭다. 우연을 새로운 것으로 드러내는 작가의 방식은 제1의 인물, 제2의 인물, 제3의 인물을 시간 차이를 두고 등장시켜 이야기를 전개하면서도, 이야기를 그중 어느 하나의 서사로도 묶이거나 완성되지 않도록 한다. 이야기는 나의 것도, 여자의 것도, 남편의 것도 아닌, 그 누구의 것도 아닌 이야기로 고스란히 남아 독자들에게 전달된다. 이런 이야기는 어디에도 초점을 둘 수 없다. 초점을 찾으려는 순간 이야기는 눈앞에서 증발되어버린다. 마치 태풍의 초점을 찾다가는 그 속으로 빨려 들어가 버리는 것처럼 말이다. 이 작품은 초점 없는 낮은 해상도를 가지고 들여다볼 때 흐릿하면서도 독특한 하나의 풍경으로 개연성을 얻고 있다.

즉 부릅뜬 눈에 힘을 빼야 현장이 제대로 포착된다. 그 포착의 현장은 각자 다른 인물과 다른 서사가 서로 상호 침투하여 문장의 모순적 상상력과 상징적 불일치에 이르도록 해 독자들에게 감흥을 불러일으키고 있다. 마치 고기압과 저기압이 만나 태풍을 만들 듯이. 이것이 이 작품의 특징이자 장점이다.

두 사람이 만나서 사랑하고 결혼하고 살면서 내부의 작은 오해와 불신 그리고 균열을 느끼지만 사는 게 대체로 그런 것이려니 하며 무덤덤하고 머쓱하게 지나치기 마련이다. 「갈비 재는 남자」는 그런 부부와 남자의 이야기이다. 아내와 함께 동네에서 조그만 가게를 하면서 평생 시내에 갈빗집을 운영할 꿈을 가지고 있던 남자가 드디어 이십년 만에 꿈에도 그리던 갈빗집 오픈을 눈앞에 두었지만 교통사고로 허망하게 죽어버린다. 그래서 이렇게 말하는 남자의 목소리가 어느 때보다 절실하게 들린다.

"이것도 사랑이고 행복인거야. 이렇게 함께 있는 것. 덤덤한 듯 함께 할 수 있는 것. 그렇지 못해 불행한 사람들도 얼마든지 많아."(「갈비 재는 남자」 중에서)

누구나 상상하는 행복, 반대로 누구나 상상할 수 있을 법한 고통은 익숙하지만 그런 만큼 그것은 모든 사람들이 끌어안고 있는 삶의 공통된 속성이라는 것을 담담하게 보여주는 작품이다. 작가는 지나침도 모자람도 없이 갈비 재는 남자의 사연을 생생한 현재 우리 이야기로 재현하고 있다. 나아가 현재를 그대로 재현하는데 그친 것이 아니다. 현실의 사소하고 미묘한 일상 사이를 떠도는 익명성, 관계성, 불확실성 그리고 원천적으로 타자와 공유가 불가능한 남자의 '꿈'을 마치 갈비를 재듯이 차곡차곡 얹어 인생의 단면을 예리하게 보여주고 있다. 그렇게 쌓아올린 인생을 통해 우리에게 비로소 있어야 하나 늘 부재하는 무엇을 경험하게 만들고 있다. 갈비 재는 남자의 갑작스러운 죽음으로 나타나는 비극적인 결말은 슬퍼하거나 분노하는 것과는 전혀 상관없는 인생의 본질을 우리 앞에 던져놓았다.

'내 친구 영수가 음독자살을 했다.' 이 짧은 문장으로 시작되는 「영수 이야기」는 이야기가 될 수 없지만 버젓이 존재하는 이야기이다. 아무런 연고가 없는 영수의 시신을 수습해 강가에 뿌려주면서 나는 영수와 함께 했던 지난 시간들을 되돌아본다. 고등학교 1학년 여름방학이 시작되기 직전 영수는 나와 같은 반으로 전학을 왔다. 읍내에 포목점을 열었던 영수의 아버지는 어느 추운겨울 길바닥에서 얼어 죽었다. 초등학교 5학년 때부터 담배를 피웠다는 영수는 학교에서 온갖 나쁜 일을 나에게 가르쳐주다가 고등학교 3학년 때 삼십대 초반의 젊은 과부와의 관계에 대해 소문이 무성하자 홀연히 자취를 감추었다. 몇 년이 지난 후 미국 LA 어디에선가 부동산업을 한다며 나를 미국으로 초청한 영수 덕분에 나는 라스베이거스 카지노장에서 VIP 환대를 받고 사박 오일 동안 딴 세상을 경험하다가 돌아온다. 백만장자 부럽지 않게 살던 영수는 한국의 어느 변두리 여관방에서 스스로 목숨을 끊었지만 아무도 그 이유를 모른다.

"누가 뭐래도 영수는 굵직하게 살다 간 놈이라고."

사실 그렇게 말하면서도 나는 그의 한 시절이 무엇이 그렇게도 자랑스러웠는지 또 무엇이 그렇게도 굵직한 삶이었는지를 잘 계산이 되지 않았다. 하지만 나는 그래도 그것만이 죽은 영수의 자존심을 세워줄 수 있는 어떤 배려 같이 느껴졌다. 촌스럽게도 나는 영수와 식사 때 먹었던 음식이야기도 여러 번 했고, 영수 덕에 라스베이거스 카지노의 VIP전용 비행기를 타고 그랜드캐년의 상공을 돌던 이야기도 여러 번 했다.(「영수 이야기」 중에서)

이 작품은 인간의 삶속에서 흔히 보이는 바깥의 사실들과, 그 사실들의 틈에서 가려지는 방식으로 드러나는 내밀한 사실의 직접성에 관한 관계의 이야기다. 라스베이거스라는 욕망의 공간에서 일어나는 영수의 범상치 않은 사소한 행동과 말들이 바깥의 사실이라면, 내면에 감춰진 영수의 긴장, 한숨, 분노 같은 것이 내밀한 사실의 서사이다. 작가는 영수라는 다소 과장되어 보이는 인물을 통해 복잡하고 미묘한 내면에 감춰진, 눈에 띄진 않지만 분명 존재하는 바깥 사실 이외의 세계를 보여주려고 한다. 즉 입증 불가능하고 전달 불가능한 직접성의 세계에 접근해 들어가고자 한다. 이 작품이 강렬한 인상을 주는 것은 영수의 사연을 어떤 프레임 안으로 끌어들이는 것이 아니라 그냥 여기저기 던져놓고자 이렇게 해두었으니 뭘 어쩌겠냐는 도발성의 새로운 현장성을 구축하고 있기 때문이다. 그래서 영수를 둘러싼 어떤 사실을 말하지 않는다고 해도, 사실대로 말한다고 해도, 사실과 다르게 말한다고 해도, 무엇이 달라지느냐고, 또 무엇이 참이고 거짓인지를 당당하게 묻고 있다.

「어떤 아이들」은 무거운 고통을 느끼게 하는 작품이다. 니체는 '인간의 고통이 비극인 게 아니라 고통의 너무 많은 무의

미함 들이 비극'이라고 했다. 농장주인, 아나운서, 역도선수 같은 다양한 꿈을 가진 아이들이 어느 날 갑자기 삼십대 사내들에게 납치되어 두어 평 넓이의 콘크리트 방에 갇혀 하루 종일 양파껍질을 비롯한 각종껍질 벗기는 일을 하다가 하나둘씩 죽어나가고 그 자리는 금방 다른 아이들로 대체된다. 아이들은 왜 겪는지도 모르는 고통을 겪고 있다. 의미와 가치를 도저히 찾아볼 수 없는 고통 속에서 아이들은 무기력할 뿐이다. 그래서 죽음을 눈앞에 둔 농장주인이 꿈인 아이의 횡성수설은 더이상 횡설수설로 들리지 않는다.

"난 절대로 죽고 싶지 않아. 나는 절대로 죽지 않아. 내 농장이 얼마나 큰지 알아? 내 닭이 낳은 계란으로 염소를 사고 송아지를 사야 돼. 송아지는 어미 소가 될 테고 어미 소는 염소가 될 거야. 염소, 염소는 송아지야. 그리고 선녀야……"(「어떤 아이들」 중에서)

이 작품은 불안한 현대의 어떤 징후로 읽히고 있다. 작가는 감금당한 아이들이 가지는 고통의 의미를 찾기 전에 개별적이고 고유한 아이들의 불안을 버석거리는 모래처럼 건조하게 서술하고 있다. 사방으로 떠다니는 불안은 위기에 처한 아이들의 현재를 의미심장한 무엇으로 돌변시켜 더욱 고통스럽게 한다. 그 바람에 불안이 어디로 퍼져나가는지 알 수가 없다. 그래서 시종일관 고통스럽다. 이 작품 전체를 떠돌고 있는 불안과 고통은 인간 존재 자체를 위협하고 있는 현대적인 불안의 상황과 절묘하게 접목되어 있다. 인간의 삶 자체가 겪지 않을 수 없는 존재론적 불안과 고통에 대한 암시가 숨어있는 작품이다.

서한경 작가의 소설이 기존 소설의 여러 통념을 깨뜨리는 것 가운데 하나가 바로 객체와의 거리두기인데 그것이 잘 드러난 것이 「어쩜, 대단히 좋은 날」이다.

산, 산이 있다. 계곡이 있고 계곡물이 흐른다. 계곡의 물은 흐르다가 마르다가를 반복한다. 장마가 지면 홍수가 난 듯 흐르다가 날이 가물면 바싹 마른다. 바싹 마른 바닥은 한 달 두 달 석 달까지도 계속 된다. 바싹 마른 바닥에 물이 보이면 작은 물고기들이 떼 지어 돌아다닌다. 금세 돌아다닌다.(「어쩜, 대단히 좋은 날」 중에서)

「어쩜, 대단히 좋은 날」의 첫 대목이다. 작품의 주 공간은 시장을 비롯한 동네인데 이 느닷없는 묘사는 무엇인가? 알 수 없는 일로 보이지만 사실은 일종의 거리두기 전략이다. 이 작품은 아이를 초등학교에 입학시키고 무엇인가 일을 하고 싶어 지역정보지를 뒤적거리던 여자가 시장을 보기 위해 가면서 만나는 현장과 인물들을 상당히 명확하게 그리고 있지만 있는 그대로를 묘사했다는 느낌을 주지 않고 있다. 이는 공간, 사물, 사람 등 객체에 대한 작가 특유의 접근 방법 때문이다. 그것은 사물이나 인물의 있는 그대로를 그리기보다는 어떤 의도에 따라 늘여지고 부풀려지고 있는 느낌이다. 기존의 사실주의적인 기법에 아랑곳하지 않고 거리의 원감을 두고 소설적 현실과 인물을 자신의 요구에 따라 과감하게 편집하고 변형해서 제시하고 있다. 그런데도 그것이 상당히 설득력 있게 다가오는 것은 이 작품속의 인물들의 형상이 독립된 그림자로 분리되어 다양한 모습으로 나타난다는 것이다. 하물며 길거리의 길고양이까지도. 그것은 인물이 자기의 또 다른 자기로 분리되어 떠돌아다니다가 마침내 본래의 인물을 장악해버리는 독특한 서술적 구조를 가지고 있기 때문이다. 그렇기에 동네 구석구석을 돌아다니다가 정신병자로 보이는 오십대 초반의 남자에게 각목으로 어깨를 가격 당해 구급차에 오르면서 내린 그녀의 결론이 전혀 낯설지가 않을 뿐만 아니라 신선하게 읽히는 것이다.

119차에 실리며 그녀는, 오늘은 그래도 운이 좋은 날이라고 쳐야할지 안 좋은 날이라고 쳐야할지를 생각했다. 좋았던 건지 무척이나 안 좋았던 건지가 도무지 헷갈렸다. 그날 그녀는 어깨 상처를 열한 바늘을 꿰맸다. 꿰매고 나서도 헷갈렸다. 그러나 그녀는 어쩜, 대단히 좋은 날이었을 거라는 결론을 내렸다.(「어쩜, 대단히 좋은 날」 중에서)

「예, 뭐라고요?」는 잘 빚어진 소품이다. 남편이 바람을 피운다고 확신하는 나는 같은 동 아파트에서 딸만 데리고 살아가는 여자를 의심한다. 불시에 그녀의 아파트에 뛰어들어 집을 뒤지는 나를 남편은 의부증이라고 비난하며 정신병원에라도 집어넣을 기세이다. 이 작품의 진경은 현재 사건의 후경에 배경음악처럼 들려오는 여자의 지난 사랑이야기에서 찾아야 한다. 세 들어 살던 2층 난간에서 떠난 남편을 죽어라 기다리다가 끝내 미워하게 된 여자는 지금의 남편을 더 이상 잃고 싶지 않다. 현재와 지난 이야기가 교차 대조되면서 읽는 독자들에게 기이한 부채감을 느끼게 하는 작품이다.

남편의 가슴에도 그 여자가 남아 있지 않은 것 같았어요. 나는 지금도 그렇게 믿고 있어요. 하지만 문제는 지금 이 남편도 앞 동의 젊은 여자로 인해 나에 대한 어떠한 감정들은 점점 멀어지고 언젠가는 한줌 연민조차 남아 있지 않게 되는지도 모르겠다는 것이지요. 지금도 남편은 나를 지겨워하고 있을지도 모르겠어요. 첫 남편이 그랬던 것처럼, 이 남편도 내게 '당신도 이러는 나를 이해할 수 있잖아' 등의 말을 하게 되는지도 모르겠어요.(「예, 뭐라고요?」 중에서)

누구에게나 사랑을 할 때는 그것이 진실인 것이다. 그래서 시간을 다시 되돌리더라도 사람들이 다르게 행동할 수 없으며 실패한 사랑 역시 성공할 수 없다는 것을 우리는 모두 알고 있다. 그럼에도 우리가 그 사랑의 실패를 슬퍼하지 말아야 할 이유는 어디에도 없다는 것을 이 작품은 말하고 있다. 더 이상 멜로적 상상력마저 불가능해진 인물들은 고통의 사막을 그저 무덤덤하게 견디고 있다. 삶의 모든 알맹이가 빠져 나간 삶의 껍질만이 우리에게 삶의 전부로서 주어진다.

소설에서 꿈과 이야기는 사실주의에 어긋나는 요소가 아니다. 부조리한 현실에 암시적이고도 예지적인 의미를 부여하는 것으로 곧장 사용되고 있다. 즉, 꿈과 꾸며 낸 이야기는 의식과 무의식의 접경지대에 거주하면서 양쪽으로 영향을 미칠 수 있는데 「찔레꽃이 피였네」는 그런 접경지대를 집요하게 형상한 작품이다.

돈이 좋은 그녀는 자기 꿈을 놓고 돈 계산을 했다. 나는 이 지구상에서 딱 한 마리밖에 없을지도 모르는 커다란 지네에 물렸으며 세 구멍이 뚫어졌고 붉은 피가 솟아올랐다. 그녀는 지네의 맹독뿐만 아니라 솟아올랐던 피의 양으로도 자신은 죽은 거나 다름없다는 생각을 했다. 일확천금이 하늘에서 뚝 떨어질 리는 없었다. 대신 이 세상에는 복권이라는 것이 있었다.(「찔레꽃이 피였네」 중에서)

커다란 지네와 싸우다가 물리는 꿈에서 깨어난 그녀가 세 차례나 외출을 해 즉석복권을 구입해 긁었지만 모두 실패한다. 얼결에 참석한 노래자랑에서도 기대했던 입상에 들지 못하고 참석자에게 주는 흑태 한 봉지를 움켜잡고 돌아서는 과정을 묘사한 이 작품은 꿈과 현실의 흐름에 대한 복합적이고 미묘한 심리를 특유의 활달한 문체로 그리고 있다. 소시민의 일상을 세태풍자로 질펀하게 다루면서도 꿈과 일상 사이의 갈등뿐만 아니라 기대를 벗어나는 꿈에 대한 갈등의 양상을 형상화한 작품이다. 그 결과 꿈과 현실의 접경에서 희화화된 그녀의 형상이 쉽게 눈앞에서 사라지지 않고, "저는, 음치가 무엇인지를 보여 주기 위해서 나왔습니다"라는 그녀의 음성이 오랫동안 귓가에서 떠나지를 않는다. 노래를 부르고 내려온 그녀가 꿈을 다시 생각하는 결말 부분은 소시민의 현실을 보여주는 것 같아 대단히 역설이고도 아프게 다가온다.

그때 그녀는 자신이 꾼 꿈이 마음대로 다시 해석이 되고 있었다. 한마디로 김새는 해석이었다. 나는 죽을힘을 다해 커다란 지네와 싸웠다. 죽을힘을 다해. 그리고 죽을힘을 다해 노래를 불렀다. 세 구멍에서 피가 분수처럼 솟아오른 건, 마이크에 입을 대고 침을 튀기며 악을 썼을 것에 귀착이 되었다.(「찔레꽃이 피었네」 중에서)

3

위에서 살펴본 것처럼 서한경 작가의 소설 특징은 소재주의에 매몰되지 않고, 특정한 어떤 형식에 얽매이지도 않고, 부당한 실험에도 집착하지 않고 자유롭다는 것이다. 그는 줄곧 소설적 이야기의 여백. 즉 이야기할 수 없는 아이러니를 이야기

하고 있는 것이다. 그에게 이야기할 수 없는 이야기라는 것은 부조리한 현실을 가리키는 것이다. 이것은 문학이 서사화하지 못하는 지점을 문학 속에 끌어들이는 글쓰기의 실천이다. 이는 단순한 스타일의 파격을 넘어서는 실천이자 수행이자 인간에 대한 작가 스스로의 관심이 낳은 귀중한 결실이다. 또한 인간의 경험적 삶으로부터 이해 불가능한 것을 이해 가능한 것으로 형상화하려는 부단한 노력이기도 하다. 우리 주변에서 떠도는 불가사의하고 무수한 삶의 아이러니에 형태를 부여하려고 안간힘을 쓰는 그 노력이야말로 무엇보다도 소중하다. 그 결과 서한경 작가의 소설은 간결하고도 응축된 문장과, 현실에 대한 깊이 있는 성찰과 밀도 있게 응축된 서사로 삶의 아이러니한 세계를 풍자로 명쾌하게 찍어 올리고 있다.

그런데 한 가지 아쉬운 것은 사유의 유동성 같은 것이 작품에 골고루 퍼져 있는 것이 아니라 한곳에 편중되어 있다는 것이다. 중심을 흩어버리는 알레고리 현실의 모순과 아이러니를 재차 환기시키면서 그 속에 인간의 얼굴을 형상화하는 세태풍자는 좋은 시도이다. 그런데 그 과정에서 인간의 내적 갈등이 야기하는 예측할 수 없는 행동들을 지나치게 단순화한 느낌이 든다는 아쉬움이 있는 것이 사실이다. 그러나 이제 첫 번째 소설집을 상재한 작가의 앞날은 무척 밝고 무궁무진해 보인다.

그것은 그의 소설이 쓸데없이 몇 겹의 장치를 두르지 않았으며, 기발한 착상이나 비유에만 기대지도 않기 때문이다. 이러한 특징이 그의 작품에서 인간의 아이러니한 상황을 굴절 없이 부각시키는 힘으로 작용한다.

그렇게 조형된 세계가 우리에게 큰 감동으로 다가오고 남다른 세태풍자의 당당함을 수반하는 작품으로 태어나기 때문이다. 수많은 고유명사와 이색적인 재료들을 동원한 현란한 작품들이 마치 수작인 것처럼 읽히는 이 시대에 자기만의 문체와 관점으로 공간을 만들어가는 서한경 작가의 작품은 그래서 귀하다.

이 첫 번째 소설집 출간을 계기로 서한경 작가의 소설세계가 더욱 왕성하고 또한 오기 있게 뻗어나가기를 믿어 의심치 않는다.

작가의 말

집 근처 공원에도 꽃들은 만발해 있었다. 사과꽃도 살구꽃도 철쭉꽃도 기타의 작은 풀꽃들도……. 새들은 지저귀었고 봄 하늘은, 봄 하늘 색깔로 아름다웠다. 공원 한편에 있는 포장집 앞에 서서 붕어빵을 사먹으며 친구에게 전화를 걸었다. 친구와 나는 봄 하늘이 어쩌고, 새들이 어쩌고, 봄꽃들이 어쩌고, 아아! 자연은…… 서로 다투듯 떠들어댔다. 우리는 시내에서 만나기로 했다. 나는 버스를 타고 약속 장소로 갔다. 시내엔 온통 봄꽃 색으로 치장한 사람들이 복작였다. 친구와 나는 그 인파

속을 걷다가 연극 한 편을 보았다. 처음 장면은 자작나무 숲에
아침 안개가 서려 있는 것부터 보여주었다. 유명한 희곡작가의
작품이었다. 작가의 숨결을 느끼며 공유하고자 노력했다. 작
품은 이성과 현실에 감성이 끼어들어 주인공을 방황케 하고 결
국 숨통을 죄어 죽음에 이르게 한다는 내용이었다.

"저 정도면 괜찮은 연극이지."

극장을 나오며 친구와 나는 서로 그렇게 말했다.

"젊은 한때의 날 닮았어. 공감되는 이야기야."

우리는 잠시 그런 이야기들도 속삭여보았다. 그리고는 이곳
저곳을 돌아다녔다. 돌아다니며 머리핀도 사고 움직이면 종소
리가 나는 액세서리 팔찌도 하나씩 사서 끼었다. 긴 지팡이 과
자 안에 채워주는 아이스크림도 사먹었다. 그러다 저녁이 되어
각각 오징어 덮밥과 냉면으로 저녁식사를 했다. 카페에 들어가
술 한 잔씩 하고 저녁 봄바람을 맞으며 또 걸어 다녔다. 걷다보
니 길가의 노점 상인들처럼, 타로점을 쳐주는 사람들이 쭉 앉
아 있는 것이 보였다. 친구는 이쪽 사람에게로 나는 저쪽 사람
에게로 갔다. 우린 각각 타로점을 보았다. 점을 치고 나오니 친
구도 점사가 끝났는지 내게로 왔다. 친구의 표정이 꽃처럼 밝
아 있었다. 그리고 괜찮게 나온 자기 점괘를 떠들었다.

"내가 머리가 좋대. 그리고 무엇보다도 마음속으로 희망하

는 것에 빛을 본대."

한껏 기분이 들뜬 친구는 자기의 점괘를 내 뇌리에 입력이라도 시키려는 듯 마구 떠들어 댔다. 친구의 입안에서 튀어나온 몇 개의 침방울들이 내 얼굴에 튀었다.

나도 지지 않고 괜찮게 나온 내 점괘를 떠들어댔다.

"나도 머리가 좋대. 희망하는 일도 조금은 늦어지겠지만 필히, 반드시, 이루어질 거래."

나도 힘주어 강조하며 떠들었다.